鳥語

徐訏文集

小說卷

導言　徬徨覺醒：徐訏的文學道路

「個人的苦悶不安，徬徨無依之感，正如在大海狂濤中的小舟。」[1]

——徐訏〈新個性主義文藝與大眾文藝〉

陳智德

在二十世紀四、五十年代之交，度過戰亂，再處身國共內戰意識形態對立夾縫之間的作家，應自覺到一個時代的轉折在等候著，尤其在當時主流的左翼文壇以外，被視為「自由主義作家」或「小資產階級作家」的一群，包括沈從文、蕭乾、梁實秋、張愛玲、徐訏等等，一整代人在政治旋渦以至個人處境的去與留之間徘徊，最終作出各種自願或不由自主的抉擇。

1　徐訏〈新個性主義文藝與大眾文藝〉，收錄於《現代中國文學過眼錄》，臺北：時報文化，一九九一。

一

一九四六年八月，徐訏結束接近兩年間《掃蕩報》駐美特派員的工作，從美國返回中國，直至一九五〇年中離開上海奔赴香港，在這接近四年的歲月中，他雖然沒有寫出像《鬼戀》和《風蕭蕭》這樣轟動一時的作品，卻是他整理和再版個人著作的豐收期，他首先把《風蕭蕭》交給由劉以鬯及其兄長新近創辦起來的懷正文化社出版，據劉以鬯回憶，該書出版後，「相當暢銷，不足一年，（從一九四六年十月一日到一九四七年九月一日），印了三版」[2]，其後再由懷正文化社或夜窗書屋初版或再版了《阿刺伯海的女神》（一九四六年初版）、《烟圈》（一九四六年初版）、《蛇衣集》（一九四八年初版）、《幻覺》（一九四八年初版）、《四十詩綜》（一九四八年初版）、《兄弟》（一九四七年再版）、《母親的肖像》（一九四七年再版）、《生與死》（一九四七年再版）、《春韮集》（一九四七年再版）、《一家》（一九四七年再版）、《海外的鱗爪》（一九四七年再版）、《舊神》（一九四七年再版）、《成人的童話》（一九四七年再版）、《西流集》（一九四七年再版）、潮來的時候（一九四八年再版）、《黃浦江頭的夜月》（一九四八年再版）、《吉布賽的誘惑》（一九四九再版）、《婚

2 劉以鬯〈憶徐訏〉，收錄於《徐訏紀念文集》，香港：香港浸會學院中國語文學會，一九八一。

事》（一九四九年再版），[3]粗略統計從一九四六年至一九四九年這三年間，徐訏在上海出版和再版的著作達三十多種，成果可算豐盛。

《風蕭蕭》早於一九四三年在重慶《掃蕩報》連載時已深受讀者歡迎，一九四六年首次結集成單行本出版，沈寂的回憶提及當時讀者對這書的期待：「這部長篇在內地早已是暢銷一時的名著，可是淪陷區的讀者還是難得一見，也是早已企盼的文學作品」[4]，當劉以鬯及其兄長創辦懷正文化社，就以《風蕭蕭》為首部出版物，十分重視這書，該社創辦時發給同業的信上，即頗為詳細地介紹《風蕭蕭》，作為重點出版物。徐訏有一段時期寄住在懷正文化社的宿舍，與社內職員及其他作家過從甚密，直至一九四八年間，國共內戰愈轉劇烈，幣值急跌，金融陷於崩潰，不單懷正文化社結束業務，其他出版社也無法生存，徐訏這階段整理和再版個人著作的工作，無法避免遭遇現實上的挫折。

然而更內在的打擊是一九四八至四九年間，主流左翼文論對被視為「自由主義作家」或「小資產階級作家」的批判，一九四八年三月，郭沫若在香港出版的《大眾文藝叢刊》第一輯發表〈斥反動文藝〉，把他心目中的「反動作家」分為「紅黃藍白黑」五種逐一批判，點名

3 以上各書之初版及再版年份資料是據賈植芳、俞元桂主編《中國現代文學總書目》、北京圖書館編《民國時期總書目，一九一一—一九四九》。

4 沈寂〈百年人生風雨路——記徐訏〉，收錄於《徐訏先生誕辰100週年紀念文選》，上海：上海社會科學院出版社，二〇〇八。

批評了沈從文、蕭乾和朱光潛。該刊同期另有邵荃麟〈對於當前文藝運動的意見——檢討・批判・和今後的方向〉一文重申對知識份子更嚴厲的要求，包括「思想改造」。雖然徐訏不像沈從文般受到即時的打擊，但也逐漸意識到主流文壇已難以容納他，如沈寂所言：「自後，上海一些左傾的報紙開始對他批評。他無動於衷，直至解放，輿論對他公開指責。稱《風蕭蕭》歌頌特務。他也不辯論，知道自己不可能再在上海逗留，上海也不會再允許他曾從事一輩子的寫作，就捨別妻女，離開上海到香港。」[5]一九四九年五月二十七日，解放軍攻克上海，中共成立新的上海市人民政府，徐訏仍留在上海，差不多一年後，終於不得不結束這階段的工作，在不自願的情況下離開，從此一去不返。

二

一九五〇年的五、六月間，徐訏離開上海來到香港。由於內地政局的變化，其時香港聚集了大批從內地到港的作家，他們最初都以香港為暫居地，但隨著兩岸局勢進一步變化，他們大部份最終定居香港。另一方面，美蘇兩大陣營冷戰局勢下的意識形態對壘，造就五十年代香港文化刊物興盛的局面，內地作家亦得以繼續在香港發表作品。徐訏的寫作以小說和新詩為主，

5 沈寂〈百年人生風雨路——記徐訏〉，收錄於《徐訏先生誕辰100週年紀念文選》，上海：上海社會科學院出版社，二〇〇八。

來港後亦寫作了大量雜文和文藝評論，五十年代中期，他以「東方既白」為筆名，在香港《祖國月刊》及臺灣《自由中國》等雜誌發表〈從毛澤東的沁園春說起〉、〈新個性主義文藝與大眾文藝〉、〈在陰黯矛盾中演變的大陸文藝〉等評論文章，部份收錄於《在文藝思想與文化政策中》、《回到個人主義與自由主義》及《現代中國文學過眼錄》等書中。

徐訏在這系列文章中，回顧也提出左翼文論的不足，特別對左翼文論的「黨性」提出質疑，也不同意左翼文論要求知識份子作思想改造。這系列文章在某程度上，可說回應了一九四八、四九年間中國大陸左翼文論的泛政治化觀點，更重要的，是徐訏在多篇文章中，以自由主義文藝的觀念為基礎，提出「新個性主義文藝」作為他所期許的文學理念，他說：「新個性主義文藝必須在文藝絕對自由中提倡，要作家看重自己的工作，對自己的人格尊嚴有覺醒而不願為任何力量做奴隸的意識中生長。」[6]徐訏文藝生命的本質是小說家、詩人，理論鋪陳本不是他強項，然而經歷時代的洗禮，他也竭力整理各種思想，最終仍見頗為完整而具體地，提出獨立的文學理念，尤其把這系列文章放諸冷戰時期左右翼意識形態對立、作家的獨立尊嚴飽受侵蝕的時代，更見徐訏提出的「新個性主義文藝」所倡導的獨立、自主和覺醒的可貴，以及其得來不易。

《現代中國文學過眼錄》一書除了選錄五十年代中期發表的文藝評論，包括《在文藝思想

[6] 徐訏〈新個性主義文藝與大眾文藝〉，收錄於《現代中國文學過眼錄》，臺北：時報文化，一九九一。

與文化政策中》和《回到個人主義與自由主義》二書中的文章，也收錄一輯相信是他七十年代寫成的回顧五四運動以來新文學發展的文章，集中在思想方面提出討論，題為「現代中國文學的課題」，多篇文章的論述重心，正如王宏志所論，是「否定政治對文學的干預」[7]，而當中表面上是「非政治」的文學史論述，「實質上具備了非常重大的政治意義：它們否定了大陸的文學史論述」[8]，徐訏所針對的是五十年代至文革期間中國大陸所出版的文學史當中的泛政治論述，動輒以「反動」、「唯心」、「毒草」、「逆流」等字眼來形容不符合政治要求的作家；所以王宏志最後提出《現代中國文學過眼錄》一書的「非政治論述」，實際上「包括了多麼強烈的政治含義」。這政治含義，其實也就是徐訏對時代主潮的回應，以「新個性主義文藝」所倡導的獨立、自主和覺醒，抗衡時代主潮對作家的矮化和宰制。

《現代中國文學過眼錄》一書顯出徐訏獨立的知識份子品格，然而正由於徐訏對政治和文藝的清醒，使他不願附和於任何潮流和風尚，難免於孤寂苦悶，亦使我們從另一角度了解徐訏文學作品中常常流露的落寞之情，並不僅是一種文人性質的愁思，而更由於他的清醒和拒絕附和。一九五七年，徐訏在香港《祖國月刊》發表〈自由主義與文藝的自由〉一文，除了文藝評論上的觀點，文中亦表達了一點個人感受：「個人的苦悶不安，徬徨無依之感，正如在大海狂

[7] 王宏志〈心造的幻影——談徐訏的《現代中國文學的課題》〉，收錄於《歷史的偶然：從香港看中國現代文學史》，香港：牛津大學出版社，一九九七。

[8] 同前註。

濤中的小舟。」[9]放諸五十年代的文化環境而觀，這不單是一種「個人的苦悶」，更是五十年代一輩南來香港者的集體處境，一種時代的苦悶。

三

徐訏到香港後繼續創作，從五十至七十年代末，他在香港的《星島日報》、《星島週報》、《祖國月刊》、《今日世界》、《文藝新潮》、《熱風》、《筆端》、《七藝》、《新生晚報》、《明報月刊》等刊物發表大量作品，包括新詩、小說、散文隨筆和評論，並先後結集為單行本，著者如《江湖行》、《盲戀》、《時與光》、《悲慘的世紀》等。香港時期的徐訏也有多部小說改編為電影，包括《風蕭蕭》（屠光啟導演、編劇，香港：邵氏公司，一九五四）、《傳統》（唐煌導演、徐訏編劇，香港：亞洲影業有限公司，一九五五）、《痴心井》（唐煌導演、王植波編劇，香港：邵氏公司，一九五五）、《鬼戀》（屠光啟導演、編劇，香港：麗都影片公司，一九五六）、《盲戀》（易文導演、徐訏編劇，香港：新華影業公司，一九五六）、《後門》（李翰祥導演、王月汀編劇，香港：邵氏公司，一九六〇）、《江湖行》（張曾澤導演、倪匡編劇，香港：邵氏公司，一九七三）、《人約黃昏》（改編自《鬼戀》，

---

[9] 徐訏〈自由主義與文藝的自由〉，收錄於《個人的覺醒與民主自由》，臺北：傳記文學出版社，一九七九。

陳逸飛導演、王仲儒編劇，香港：思遠影業公司，一九九六）等。

徐訏早期作品富浪漫傳奇色彩，善於刻劃人物心理，如〈鬼戀〉、〈吉布賽的誘惑〉、〈精神病患者的悲歌〉等，五十年代以後的香港時期作品，部份延續上海時期風格，如《江湖行》、《後門》、《盲戀》，貫徹他早年的風格，另一部份作品則表達歷經離散的南來者的鄉愁和文化差異，如小說《過客》、詩集《時間的去處》和《原野的呼聲》等。

從徐訏香港時期的作品不難讀出，徐訏的苦悶除了性格上的孤高，更在於內地文化特質的堅守，拒絕被「香港化」。在《鳥語》、《過客》和《癡心井》等小說的南來者角色眼中，香港不單是一塊異質的土地，也是一片理想的墓場、一切失意的觸媒。一九五〇年的《鳥語》以「失語」道出一個流落香港的上海文化人的「雙重失落」，而在《癡心井》的終末則提出香港作為上海的重像，形似卻已毫無意義。徐訏拒絕被「香港化」的心志更具體見於一九五八年的《過客》，自我關閉的王逸心以選擇性的「失語」保存他的上海性，一種不見容於當世的孤高，既使他與現實格格不入，卻是他保存自我不失的唯一途徑。[10]

徐訏寫於一九五三年的〈原野的理想〉一詩，寫青年時代對理想的追尋，以及五十年代從上海「流落」到香港後的理想幻滅之感：

[10] 參陳智德《解體我城：香港文學1950-2005》，香港：花千樹出版有限公司，二〇〇九。

多年來我各處漂泊，
唯願把血汗化為愛情，
遍灑在貧瘠的大地，
孕育出燦爛的生命。

但如今我流落在污穢的鬧市，
陽光裡飛揚著灰塵，
垃圾混合著純潔的泥土，
花不再鮮豔，草不再青。

海水裡漂浮著死屍，
山谷中蕩漾著酒肉的臭腥，
潺潺的溪流都是怨艾，
多少的鳥語也不帶歡欣。

茶座上是庸俗的笑語，
市上傳聞著漲落的黃金，

戲院裡都是低級的影片，
街頭擁擠著廉價的愛情。

此地已無原野的理想，
醉城裡我為何獨醒，
三更後萬家的燈火已滅，
何人在留意月兒的光明。

「原野的理想」代表過去在內地的文化價值，在作者如今流落的「污穢的鬧市」中完全落空，面對的不單是現實上的困局，更是觀念上的困局。這首詩不單純是一種個人抒情，更哀悼一代人的理想失落，筆調沉重。〈原野的理想〉一詩寫於一九五三年，其時徐訏從上海到香港三年，由於上海和香港的文化差距，使他無法適應，但正如同時代大量從內地到香港的人一樣，他從暫居而最終定居香港，終生未再踏足家鄉。

四

司馬長風在《中國新文學史》中指徐訏的詩「與新月派極為接近」，並以此而得到司馬長風的正面評價，[11]徐訏早年的詩歌，包括結集為《四十詩綜》的五部詩集，形式大多是四句一節，隔句押韻，一九五八年出版的《時間的去處》，收錄他移居香港後的詩作，形式上變化不大，仍然大多是四句一節，隔句押韻，大概延續新月派的格律化形式，使徐訏能與消逝的歲月多一分聯繫，該形式與他所懷念的故鄉，同樣作為記憶的一部份，而不忍割捨。

在形式以外，《時間的去處》更可觀的，是詩集中〈原野的理想〉、〈記憶裡的過去〉、〈時間的去處〉等詩流露對香港的厭倦、對理想的幻滅、對時局的憤怒，很能代表五十年代一輩南來者的心境，當中的關鍵在於徐訏寫出時空錯置的矛盾。對現實疏離，形同放棄，皆因被投放於錯誤的時空，卻造就出《時間的去處》這樣近乎形而上地談論著厭倦和幻滅的詩集。

六七十年代以後，徐訏的詩歌形式部份仍舊，卻有更多轉用自由詩的形式，不再四句一節，隔句押韻，這是否表示他從懷鄉的情結走出？相比他早年作品，徐訏六七十年代以後的詩作更精細地表現哲思，如《原野的理想》中的〈久坐〉、〈等待〉和〈觀望中的迷失〉、〈變

[11] 司馬長風《中國新文學史（下卷）》，香港：昭明出版社，一九七八。

幻中的蛻變〉等詩，嘗試思考超越的課題，亦由此引向詩歌本身所造就的超越。另一種哲思，則思考社會和時局的幻變，《原野的理想》中的〈小島〉、〈擁擠著的群像〉以及一九七九年以「任子楚」為筆名發表的〈無題的問句〉，時而抽離、時而質問，以至向自我的內在挖掘，尋求回應外在世界的方向，尋求時代的真象，因清醒而絕望，卻不放棄掙扎，最終引向的也是詩歌本身所造就的超越。

最後，我想再次引用徐訏在《現代中國文學過眼錄》中的一段：「新個性主義文藝必須在文藝絕對自由中提倡，要作家看重自己的工作，對自己的人格尊嚴有覺醒而不願為任何力量做奴隸的意識中生長。」[12]時代的轉折教徐訏身不由己地流離，歷經苦思、掙扎和持續的創作，最終以倡導獨立自主和覺醒的呼聲，回應也抗衡時代主潮對作家的矮化和宰制，可說從時代的轉折中尋回自主的位置，其所達致的超越，與〈變幻中的蛻變〉、〈小島〉、〈無題的問句〉等詩歌的高度同等。

＊陳智德：筆名陳滅，一九六九年香港出生，臺灣東海大學中文系畢業，香港嶺南大學哲學碩士及博士，現任香港教育學院文學及文化學系助理教授，著有《解體我城：香港文學1950-2005》、《地文誌——追憶香港地方與文學》、《抗世詩話》以及詩集《市場，去死吧》、《低保真》等。

12 徐訏〈新個性主義文藝與大眾文藝〉，收錄於《現代中國文學過眼錄》，臺北：時報文化，一九九一。

目次

導言　傍徨覺醒：徐訏的文學道路／陳智德　I

太太與丈夫

太太　003

丈夫　017

百靈樹

百靈樹　079

初秋　105

禁果　137

鳥語

筆名 157
鳥語 201

太太與丈夫

太太

在李敬梅認識的人當中，大家都羨慕李敬梅同他太太的愛情。太太們都誇讚李敬梅，先生們都誇讚李太太，好像每一個女人嫁給李敬梅都可以做好太太，而每一個男人娶李太太都可以做好丈夫似的。在我們男朋友當中，總覺得李敬梅很俗氣，有時候簡直很愚蠢，他有這樣一個太太，而且還這樣敬他愛他，真是一種福氣；但在太太們中間，可都覺得李太太沒有什麼了不得，面貌雖然好看，可是比她好看的人也很多，算不了什麼；雖然喜歡多看看書，但論學問，並沒有專長，又不會游泳，舞也跳得平常，理家，東西常讓佣人浪費；總之，沒有什麼了不得，而偏偏有那麼一個丈夫，又健康，又溫柔，又會賺錢，又會玩……

不管怎麼說，我們都在羨慕李敬梅的家。他們有一個孩子，三歲，很健康聰敏。我們都愛到他們家裡去玩，他們的家在上海霞飛路善鐘路轉角一個公寓裡，布置得一點不落俗套，整潔明朗，在那裡談談也好，坐坐也好。他們對朋友好，朋友對他們也像對自己一樣，什麼話都同他們談。這是多麼一個幸福的家庭。這個幸福的家庭，無疑地完全是李太太的功績，但是女太太們則都歸功於李敬梅。比方你同你太太說：

「李家弄得多乾淨，布置得多美麗。」

「這還不是李敬梅有錢，又聽太太的話。」你太太一定會這樣回答你。

那麼李敬梅是不是有錢，是不是聽太太的話呢？

李敬梅有一個印刷廠，還辦了一個進出口行，收入的確不錯。家裡一切完全是太太在管，他從來不聞不問，太太做的，一切都是好的；但是他不像我們許多朋友，會買東西到家裡，會管許多家裡對外的事情，這些事情都是太太在幹，他最多有時候叫印刷廠一個庶務來幫幫忙。但是，他會服侍太太，獻小殷勤。出去拿大衣，端凳子，倒一杯茶，點點香煙火，這些不必說了，最使太太們羨慕的，他雖然不會為家裡買什麼，但會買小玩意送太太，一隻別針，一個口紅，一塊衣料，一支筆，一個打火機，甚至一個玩具，只要是新出的精巧的東西，他幾乎時時帶回家來。有時候我們碰巧在他家裡，他一拿出這些送給他太太的玩意，女太太個個都羨慕不置，覺得自己的丈夫是多麼愚蠢。

李敬梅談話也很有風趣，可是只有一句兩句；你要同他靜靜談談，他就毫無趣味。這一句兩句，也許正是在客人中間，太太們頂願意聽的。李太太可真是一個可人兒，她常常同我們可以靜談三四個鐘頭，非常有風趣有見解不說，你有什麼心事，困難，煩惱，同她一談，即使沒有解決的方法，也馬上得了許多安慰。她常常向我借書，所以變得特別有來往。但是她在她丈夫面前，可非常隱藏她的學識與機智，李敬梅時時有沾沾有喜自以為很高超很聰明，而實際上幼稚非凡的談話，我知道這在李太太是不值一笑的，可是她總微笑著維持李敬梅做丈夫的尊嚴。她的微笑很美，嘴角微微一動，活像聖書裡的小天使，但我知道這不是天真，而是世故，在許許多多別人為難的場合上，她輕輕一笑好像就解脫了許多尷尬的局面。

這難道也因為李敬梅有錢，什麼都聽太太的話麼？

慢慢的我很替李太太可惜，覺得她不但在忍耐她丈夫的愚蠢，還在我們面前掩飾他丈夫的庸俗，比方說李敬梅願意把他以為很得意送給太太的小玩意，在我們賓客面前顯示，可是他太太就覺得他的蠢俗。有一次，他買了一幅鑲著很好鏡框的彩色印刷的畫回來，我們剛剛在座，他要把那幅半裸女人的畫像給我們看。我一看就發覺這是美國《生活雜誌》上裁下來的，他太太當然也發現了，她趕快微笑一下，接過去說：

「這鏡框倒是不錯。」她接過去就拿走了。

我為此對他太太欽慕不已，回家我同妻說這個故事。但是妻說：

「比你只會買又髒又破的書總好。他總在想到他太太。」

妻最欣賞李敬梅會買小玩意孝敬太太，尤其他對於太太小孩的生日，以及聖誕節一類應該送禮物的日子，他從未弄錯。

可是有一次，妻可失望了。那天我同她在國際飯店三樓吃茶，碰見一個也是熟朋友叫做王莫芹的，帶著一位舞女，我就招呼他們坐在一起。妻忽然發現那位舞女身上的一枚別針同李敬梅給他太太一枚一樣，他就同那舞女談起來。那位舞女對我說：

「啊，這是李敬梅先生從開羅帶來給我的。」我順口說：

「的確很漂亮，上海恐怕只有這一隻。」

這原是那平常的事，妻可認為非常不解，回到家裡還放在心上。

「你也想有那樣一隻別針，是不是？」我說。

「你會買這些東西，就聰敏啦。」

碰巧隔了三天，我到印刷所去，碰見李敬梅；我忽然想起那隻別針，我對他說：

「你送給你太太的那隻開羅的別針，是哪裡買的？」

「你太太要麼？我哪一天帶一隻給你。」他馬上就說。

「一隻哪裡夠，許多太太都喜歡呢。」

「明天我叫他們送一打給你。」

「不要忘了。」我說：「你叫送校樣的帶來好了。」

第二天果然有一打別針送來。

不知怎麼，妻從此對李敬梅這一點就不常誇讚了。

我心上總覺得他太太可惜，她真是什麼都好，所不好的就是她沒有一個出色的情人。我常常這樣想。

這是過去的事情了，後來我到南京做事，一隔四五年，就一直沒有碰見李敬梅同他出色的可敬可愛的太太了。

一九四七年四月，我從南京到上海，又從上海到杭州去。那天真巧，一上車就碰見李敬梅同他的太太與孩子，我就坐在他們的對面。

「你一個人，」寒暄過後，李敬梅就說：「你太太呢？」

「離婚了。」

「怎麼？」李敬梅說：「一定是你不好。」

「離婚當然是男人不好。」我說。

「有什麼事一定要弄到離婚？」他太太同情地說。

「不要提它了，過去都是傷心事。」我說著看看李太太。

李太太端坐在那裡，還是同以前一樣，沒有老，沒有胖，沒有瘦，打扮得很樸素，但非常雅潔自然。她的眼睛還是像從不看人而又時時看人似的，對我同情地微笑著。孩子已是七八歲的小姑娘了，梳了兩條辮子，張著大眼睛望著我，我說：

「這麼漂亮，我不認識了。」

「×伯伯，你認識麼？」李太太對她說。

「他也不認識我了。」她笑著躲到母親身上去。

「你一點沒有變。」李太太看著我微笑著說。

「我老了。」我說：「敬梅也胖了。你可是同以前一樣的年輕美麗。」

「我頭髮都白了不少。」李敬梅說：「別人還以為我的女兒是我外孫女兒呢！」

李敬梅還是願意這樣說話，來誇讚他太太的年輕與美麗。

「但是你精神一點沒有老，胖一點則表示錢更多了。」我又對他太太說：「一向都好？」

「托福，托福。」她半開玩笑似的說，嘴角又露出天使般的笑容。

「你們真幸福。」我說。

車子開了，我們談談這個那個，大家都很不寂寞，後來李敬梅拿出一副撲克牌，我們同他太太女孩四個人玩玩「傻驢」，很有趣。我問他們是不是到杭州去遊春去。

「住在上海每天有事情，不走開，總不能逍遙。」李敬梅說：「她們也應當走走，平常我每天有事，沒有工夫陪她，借春假休息幾天就是。」

「你呢？你到杭州難道有什麼公幹麼？」

「去為一個朋友證婚。」我說。

「沒有太太的人，還替人證婚？」李太太說。

「討一個彩頭，也許我也可以找到一個太太。」

「我替你介紹。」李太太說。

「到杭州，你可以同我們一起玩。」李敬梅說：「她在那面有許多朋友親戚呢。」

「但是她們都是嫁人了。」李太太說：「我另外給介紹一個對於你很合適的人。」

「世上還有你一樣的人，而沒有結婚的麼？」

「自然要比我好，我才敢同你介紹。」李太太說。

車子突然停了，是嘉興。話就在此中斷，許多客人都下去了。我伏到窗口去看車站。

「喂，××！」我回過頭去，奇怪了，是陶至明。

「怎麼？上車麼？」

陶至明提了一隻提箱，走上車來，我也就回身迎他。

「你到杭州去？」他一面把提箱放到行李架上去，一面說。

「你呢？」

「先到杭州，還要到長沙去。」他說：「你這裡有人麼？」

我旁邊的位子，打撲克牌時候是李家小妹妹坐的；這時候她已坐到李太太身邊去。陶至明沒有聽我回答就坐了下來。

「好久沒有見你的，聽說你在南京，還離婚了。」

「你怎麼知道的？」

「我全知道，老朋友的消息，我雖不常常通信，但是最靈通。」

「我們有好久不見面了。」

「一年半。」

「但前年在聚餐會聽說你當天就去嘉興，所以沒有法子同你多談。」

「我叫你們到嘉興來玩。」他說：「你們怎麼老發不起興？」

車子開了，我替陶至明介紹李敬梅夫婦。

陶至明可真是我老朋友，我們是中學裡同學，他後來學機械工程，同我不是一科，但在一個大學，所以我們還是在一起，而且很接近。出了大學，我們走的雖不是一條路，但還常有見面，我住上海的時候，他到上海總到我們家裡來看我，有時候也耽擱在我家裡，不過他最多住兩三天就回去的。他一來就有許多老同學的消息，因為他常常在各地跑，他到哪裡都同那裡的老同學接觸的。

陶至明是一個活潑直爽好動的人，他學的是工程，但愛運動；我同他在中學裡都是籃球隊校隊的隊員，可是一出中學，我就不打球了，他還是打球，而是對一切運動都有興趣，所以身體很壯，雖然他大概比我還大一歲，但談話的神情，活潑的舉止，看起來反比我年輕。

老朋友見面，不免要談起老朋友們的情形，某某現在很發財，某某很困難，某某結了三次婚，有七八個孩子……於是他忽然說起：

「白大常回國一次，你碰見過麼？」

「他回國一次？」我奇怪了：「怎麼我一點不知道？」

白大常也是我們中學同學，他比我年輕，大概低兩班，在中學裡一直同我在一起，後來他在大學裡學文學，同我還是保持來往；畢業後他到歐洲去，忽然改學西洋畫，非常用功，一去九年，我們消息就疏隔了。我只知道他很有成就。

「他回國不過三個月，就又去歐洲了。」

「這是怎麼回事？」我問：「你碰見過他？」

「我見他兩次，一次在咖啡館內，後來我又去看他一次。」

「他怎麼樣？」我問：「結婚了麼？」

「他說他抱獨身主義。」陶至明忽然笑了：「但不到一個月，他同一個有夫之婦戀愛。有好幾個北平南京的大學請他教書，他因為他的愛人在上海，都拒絕了，他甚至計畫同那個太太私奔。」

「奇怪，」我說：「那位太太是什麼樣人，也愛他麼？」

「我也不知道是什麼樣人，聽說年歲比他大，丈夫是一個商人，很有錢。」

「那麼我想一定是女的先愛白大常的。」

「這倒不知道，」陶至明說：「我只知道他們愛得非常熱烈，白大常回國幾個月，後來幾乎沒有同別人來往過，所以大家都不知道他回國了。」

「那麼為什麼白大常又去歐洲了呢？」我因為同白大常的關係很深，所以特別好奇地問。

「聽說他們因為在國內無法結合，所以計畫著私奔到歐洲去。」

「啊，那麼他回國三個月，就帶走一個愛人。」

「不是那麼簡單。」陶至明說：「白大常辦好兩個人的護照，預備好了一切，同那位太太相約在船上會面，但是他左等不來，右等也不來，最後忽然有人送來一封信，說她改變了初衷，不能同他走了。」

「這是怎麼回事？」我說：「這位太太也太……」

「我倒覺得那位太太一定是聰敏得很，你想她比他年歲大，聽說還有孩子，仔細考慮，覺得跟他到歐洲去不見得幸福。所以就寫了一封信，信裡說她已經把什麼都交他了，而且將永久愛他……總之，她已經獲得了白大常的一切，跟了白大常，誰能擔保一個藝術家的愛情比他丈夫的愛情永久呢？」

「你怎麼知道得那麼詳細。」

「白大常當時幾乎暈了過去，」陶至明又說：「他想跳上岸不出國了，但喝了兩杯酒，覺得留在上海也許更苦，所以一個人去流浪，不打算再回國了。」

「不打算再回國？」我說：「這算是什麼，這位太太也太殘忍，害了……」

「我倒覺得也許對於白大常藝術是好的。」

「你怎麼知道這些的，這樣詳細？」

「白大常動身那天，他的妹妹去送行，她當然不知道他哥哥在期待另外一個旅客，但看他接到信面孔變色，暈倒了；她就看了那封信。她就問他究竟，他不說，但答應心情定了再寫信給她；白大常後來在船上就寫了一封信給他妹妹，詳細告訴了她，他說他從來沒有愛過人，這是第一次，也是最末一次……」陶至明說到這裡感慨地搖搖頭，又說：「他妹妹是我太太的同學，他們很要好，所以都告訴了我太太，我是我太太告訴我的。」

「……」我沒有說什麼，因為我心裡忽然有說不出的感觸，我拿出我的煙匣，先敬陶至明，忽然想到對面的李先生李太太，就拿過去敬他們，他們倆在打「蜜月橋戲」。

「誰贏了？」李先生拿一支煙，我問他。

「她輸了太多了。」李敬梅沾沾自喜的說。

我於是敬李太太，我突然看到了李太太的臉色很奇怪，眼睛有潮溼的淚暈，她接我一支煙，拿出手帕揩眉毛，忽然說：

「我有點頭暈。」我看他用勁地將手帕按著眼角。

等我為李太太點著了香煙，陶至明忽然說：

「我也很想認識那位太太，但是連白大常的妹妹都說沒有看見過她，不過她知道那位太太是住在……」

突然李太太站起來，用平常沒有的憤恨的態度說：

「這火車顛得太……」於是牽著她的孩子，她又說：

「敬梅，陪我到餐車去喝一杯咖啡吧。」

「我們一塊去，一塊去。」李敬梅一面站起來，一面對我們說。

「不，不，我不想喝。」我說。

「我們去喝杯啤酒。」陶至明說。

「吃飯的時候喝吧。」我阻止了陶至明。

李敬梅就跟著太太去了，火車軋軋地震動著，我心裡又驚慌，又難過，又好像是一種美感的滿足。我望著窗外，沉默著。

到了杭州，我與陶至明在車站門口握別，我同李敬梅夫婦到西冷飯店，李太太一進房間就病倒了，她要一個人在家，叫我們帶著她的孩子去遊湖去，李敬梅可不放心，一定要陪他太太。李太太可說：

「你在上海那麼辛苦，到這裡應當去玩，怎麼可以陪我在房間裡。我不過累了，睡一會就會好的。」但是李敬梅說：

「我是陪你來玩，你病了，一個人在旅館裡，多寂寞；我在上海，每天有事，沒有工夫同你在一起，到這裡自然要陪陪你。」

我看這一對夫婦相敬如賓，覺得很可愛可也很難過，我說：

「你們兩位都為愛對方，所以寧願犧牲自己，很難為你們出主意，不過為你們的小妹妹，敬梅，我們還是外面去走走吧。我回頭請你們吃西湖醋魚。」

「你們外面吃了飯回來好了。」李太太說：「我今天不想吃什麼。」

「不吃怎麼行呢？」李敬梅說。

「不舒服還是不吃好。」我說：「餓了夜裡再買東西吃好了。」

李敬梅還要說什麼。但是我已經一手挽著他，一手挽著他的女兒走出房門，我為李太太拉上房門，我說：

「你好好睡吧。」

我們玩了一個半鐘頭的西湖，在杏花樓晚飯，然後步行到西冷飯店。

李敬梅開進房門，李太太蒙在被鋪裡睡得很熟，我叫李敬梅不要驚動她。

第二天，李敬梅一早就到我房間來，告訴我他太太好像有點熱度。我就到他們房間去，我看李太太坐在床上，兩隻美麗的眼睛浮腫著，面色淒白，頭髮蓬鬆著，後面綁一塊手帕，幾絲前面的髮絲垂在頭上，挺秀的鼻子還是一樣，可是鼻葉同鼻孔紅紅的，顯然是被手帕揩得太厲害了，嘴唇微顫著，像迎風的花瓣，看見我，又露出天真而世故的微笑。我走到床邊，我說：

「病了？」接著我看見李敬梅走進浴室，我就低聲地對她說：「每個生命最美麗的際遇，永遠只有自己的眼淚來同情的；夠了，一夜的回憶與哀悼，今天你應當在大自然懷裡忘去這些夢境……」

李太太起初似乎吃驚了，但隨即安詳下來，露出天使般的笑容。她拉拉我的左手，握了一下，閉一閉浮腫的眼睛，震搖一下頭，就大聲叫：

「敬梅，我要起來。」

李敬梅從浴室出來，我說：

「沒有什麼熱度。」

我看敬梅已在幫助太太起床，我就回到我的房內。

第二次到他們那裡去的時候，李太太已經打扮好，這真是出色，像一朵初放的蓮花一樣，用淡笑輕顰來迎我。

「這麼漂亮！」我說。

「陪這麼愛我的丈夫遊西湖，我自然也要修飾修飾。」她笑著說。

「那麼……」我還未說出我的話，她已經迎著我的心意說了：

「還有陪最了解我的好朋友。」

走出旅館，去湖濱，我覺得李太太真是一個十全十美的太太。但是做她的丈夫，我不想；做她的情人，我也不想。倒是做她的朋友最好，要不然，假如可以，我頂好還是變成她。

一九五〇、六、一三、香港。

丈夫

一

沙大煌是一個又短又胖的人，肚子大大的凸出著，兩隻肩胛很寬，腳很小，站在那裡實在不像樣。說到他的臉，上小下大，兩腮胖胖的都是肉，鼻梁本來低，這一來顯得鼻子奇小；髮角本來長得很高，我看見他時候已經有點禿頂，發亮的前額與後頂打成一片，倒比較可以同下面胖胖的兩腮有個對稱。但是他眼睛灼灼有光，對人一看，洞見心腑，看相的人都說他這副眼睛是財神眼，看到什麼，什麼都會變錢的；的確，他實在有錢，他是做古董字畫掮客起家，現在他的古董店早已分布在倫敦、紐約、巴黎、羅馬不必說，在上海他還有紗廠，有布店，有水泥廠，有磚窯廠，有進出口行，我當然也說不清。總之，在他手下做事情的人，少說說也有幾千個；據知道他的人講，你不要看他樣子不像樣，可是坐在辦公室寫字檯前，抽起雪茄煙，就非常神氣，不但每個職員都怕他，而且他對於人的能力與性格之認識，那真是一目瞭然，沒有人可以在他那裡作弊，沒有人可以對他撒謊。說是古董字畫拿到他的手上，不要說真偽之辨，而說出來的價格，總是恰倒好處，他一開口就不再改變，一是一，二是二，清清楚楚。他雖是厲害，可是信用很好，所以無論對經理對工人，一句話，人人惟命是從，不再發言。有一個工人為試一部新機器，斷了胳膊，經理把他送到醫院裡的三等病房，被大煌呵責一番，立刻親自去醫院，把那工人搬到頭等病房，還把那工人的母親與姐姐接到上海，把他們安頓在醫院附近，什麼都由有他供給，只叫他們天天到醫院裡去陪病人。你說，他是不是一個了不得的人。還有一次，他要派一個年輕的職員到好幾個地方去調查並且收賬，那職員不肯去。他要開除那個職員，而那個職員竟寧願離職。他於是就同那個職員談了三個鐘頭話，第三天那個職員就動身了。同事都不知道究竟，後來才知道那個職員有一個情人，偏偏還有一個情敵；如果他出門一年，他一定要失去那個美麗的情人。他同老闆一講，老闆給他一筆錢，叫他把情人帶走，到外埠去結婚。那個職員從此以後，忠心耿耿一直在他手下服務到現在。你說，這是一個多麼了不得的人？

我聽到的雖然都說他了不得，但是我看到的沙大煌則不但平平凡凡，而且是一個畏畏葸葸的人。

那麼我怎麼會認識這個如此富有又如此奇怪的人呢？這不得不提到我的表妹孫見明。

我的表妹是一個教會大學商學士，她從小就長得好看，人人都喜歡她；後來越來越令人注目，從中學大學換了四五個學校，每個學校，都叫皇后呀美人呀，學校門口的黃包車夫，附近的小店都叫得出她的名字的。追求她的人不用說了，上至校長，下至同學都想討她一點喜歡，奇奇怪怪的情書寄到她家裡來，弄得她母親很希望她早點嫁人，免得麻煩；但是她很害羞，不說話，不理任何人。有些女同學的哥哥弟弟們，很想通過她女同學的關係來接近她，但是她就連那女同學都不理了。那時候就有人以為我就是她的對象，所以她什麼人都不理了，實則真是冤枉。我是男人，自然，也免不了意識的或下意識的想同她接近，藉著表親的關係，不時到她的家去。她的母親我叫三姨媽，是個很聰敏的人，同我很好，所以我常常在她的家裡吃飯吃點心，但是見明可總是似理不理的，吃好飯就到自己的房裡去了。有時候我總想找點她愛吃的東西拿去，她吃了一點也就不再同我們在一起；有時候在飯桌上，我常常想一點可笑的見聞說說，希望她看我一眼，或者對我笑笑，但是全家的人都笑了，她還是似理不理的樣子。三姨媽知道我的企圖，偶而也借什麼口實叫她下來坐坐，但是下來了不一會也就走開。我從沒有機會同她單獨出去玩玩，偶而同她們全家一起出去，我自然也很想借此對她獻點殷勤，但是她總是躲得我遠遠的。

後來，我同另外一個親戚裡的女孩子結婚了。新娘子也是她的朋友，而且，雖然沒有她鋒頭，但細看起來，也不比她難看。大概那時，我當初的那種不自然的想獻殷勤的態度也已沒有，她同我倒開始有說有笑，常常到我家裡來玩，我們有了很自然的友誼。

等到她大學畢業，我已經有了一個孩子，她家裡還是我常去的地方。三姨媽這時候很希望見明有我一樣的一個好丈夫，但是她似乎一個男朋友都不交，她要到歐洲去讀書。這件事我的三姨夫大大反對，他說他還有三個更小的孩子，他供給一個人留學，下面三個孩子怎麼辦。因此她就待在家裡。

又隔了兩個月，我知道我的表妹已有了職業，她在擔任家庭教師，遠在南市，每天下午三點到六點，待遇倒很好，這樣她到我家裡就少來了。除了星期日我到她家去，就很少碰見她。後來不知怎麼，說是她在家裡離那個家庭太遠，要換三次電車，所以她搬到一個朋友家裡去住，那面離她教書的地方不過幾百步路。這一來，連星期日都很難碰見她了。

有一天我記得是初春，天氣剛剛暖和起來，街樹新芽初發，我忽然接到一封信，信封上寫著「孫緘」，但是我想不出是誰；打開一看，方知是我的表妹。這是她第一次寫信給我，雖然簡單，我也高興。

信裡說她在教書的那家人家，太太同我一樣是一個集郵家，她同那位太太談到了我，想看看我的郵集，所以下星期日想請我同我太太去吃飯，希望我準時必到，如果有事，則請我早點通知，以便改期。

一個漂亮的表妹約她表哥，她表哥當然是接收的。星期日恰巧太太有事，所以我一個人隨便帶了幾本郵集到南市去赴約。

二

我找到了地址，走進了弄堂，尋到了門牌，就看到一塊銅牌子上寫著「沙寓」的字樣，是一所兩上兩下的石庫門弄堂房子，我就按了電鈴。一個佣人來開門，似乎已經關照過她，她問了我的姓氏，馬上像預期似的很客氣的笑了一下，招呼我進去。

穿過小小的院子，是一間布置得很平常的客廳，牆上掛著一些字畫，都不是珍貴的上品，我就在那上面看到了「大煌」的名字。大煌當然是這裡的主人了。

接著我聽到樓梯聲音，我的表妹孫見明先進來，幾時不見，她似乎胖了一點，顯得更加嫵媚動人；後面緊跟著進來一位太太，看過去是一個近四十歲的婦女，比我表妹似乎矮一點，胖胖的身材，白白的皮膚；臉袋兒方方正正，五官長得清清楚楚。表妹就開始為我介紹：

「這位是沙太太，他是我表哥。」

「請坐，請坐。」沙太太說著。那時個人端來了茶，沙太太忽然命令佣人：「把樓上的香煙拿來。」

我們開始有幾分鐘的寒暄。沙太太似乎有一個爽直的個性，說起話來很響很快，沒有幾句話就講到了正題，她急於打開我帶去的幾本郵集。這時候我看到她手上的一隻鑽戒，一隻翠戒，臂上戴著一隻碎鑽鑲成很精緻的鐲子。

我問見明表妹為什麼不打電話，要寫信；她告訴我前兩天電話壞了，接著告訴我電話號碼，叫我以後找她，可以打電話給她。

那時候佣人拿來了香煙，沙太太見到前門牌的香煙罐，她忽然拉長了臉說：

「怎麼拿這個香煙，這香煙這裡不有麼？」她說著眼睛看著茶几上的前門牌香煙罐，我也順隨跟著她看一眼，她又低聲的說：「真笨。」

「一樣，一樣。」我說著就自己在罐裡拿了一根香煙，見明表妹就馬上拿洋火替我點火。我說：「怎麼，你也同我客氣起來了？」我馬上想到這是我表妹第一次為我點火。

「這裡你是第一次來。」見明笑著說。

旁邊的佣人正不知還要去拿香煙不要，她站在那裡。沙太太微笑著在看我的郵集，她似乎覺得這樣叫客人坐著，有點不好意思。她對我笑笑說：

「這些郵票能不能在我這裡擺幾天？」

我發現沙太太有三粒牙齒是假的。我馬上說：

「可以可以。你看完我再拿幾本來換給你。」

「我們到樓上去坐吧。」見明忽然看見佣人還站著，她就說：「他也不能算是外人。你的郵票可以給他看看。」

「不過樓上亂七八糟，有點不能見客。」沙太太雖然那麼說，但也站起來邀我了，我就跟他們走到了樓上。

樓上外間是一間坐起間，布置也很平常，沙發套子花得非常刺目，電燈上是亮晶晶綠花的罩子，下面垂著紅紅的蘇絡，前後還有兩盞日光燈，下面是一張紅木的牌桌。我馬上覺得沙太太是愛打牌的。

在那裡，我碰到了沙太太的兩個孩子，一個女的十一二歲，一個男的七八歲，他們就是見明的學生，女的長得不錯，男的長得實在不好看，但都很乖，我想這可是見明的功勞？見明似乎同他們很親熱，她叫他們叫我叔叔，我就同他們談了一陣，後來他們由一個佣人領了出去。沙太太於是把她的郵集拿給我看。

沙太太的郵票倒是集得不少，但是名貴的不多，而且她似乎對於郵票知識很缺乏，毫無排列，好好壞壞亂貼在一起。她忽然坐過來到我的旁邊，問我有些郵票的年代與地域，我就隨便和她談談，都是集郵的一些常識；她聽了可是覺得非常新鮮，於是一面看，一面就一張一張叫我解釋審定起來。

天已經暗下來了，見明開亮了一盞日光燈。沒有多久，門口忽然出現了一個又短又胖的人，穿一套灰色西裝很不稱身，我一時竟沒有想到這就是主人，沒有站起來，直到見明說：

「沙先生來了，」我站了起來，她說：「我替你介紹，這就是我的表哥金沐灶。」

我正要過去同沙先生握手，不意沙太太坐在那邊忽然用責備的口氣說：

「你怎麼那麼晚才回來？也不看看時間，現在幾點鐘啦？你知道有客人，為什麼不早點回來，我們等你多著急啊！」

我心裡想沙太太幾曾焦急過沙先生還沒有回來？

「真對不起，對不起，」沙先生非常客氣的同我說，似乎沒有看見他太太，也沒有聽見她在說什麼，於是又對我說：「我有點事，一直走不開。」

「沙先生很忙？」

「總是有點事。」

「總是一天到晚有事，」沙太太說：「我想你這種人根本用不著討太太，反正有家沒有家都是一樣。」

沙先生沒有理他太太，他坐下來，兩隻腳懸著，很不像樣。佣人拿上一把毛巾，一杯茶。沙先生從袋裡拿出一隻皮夾，抽出一根雪茄，一面問我：

「雪茄？」

「我抽慣紙煙的。」我說。

沙先生抽起雪茄，太太忽然說：

「那麼你也把紙煙遞遞過來。」

其實那罐三五牌紙煙罐離我們並不遠，可是沙先生還是移動他又矮又胖的身軀，把香煙遞給我們。

「我自己來自己來。」我說。

沙太太拿起一根香煙，忽然眼睛看了沙先生一眼，沙先生馬上彎下腰去為太太點火；沙太太噴了一口煙在空中。她說：

「明天上午我要去買東西，你不要忘了把車子開來。」

「韓媽，」沙先生忽然叫韓媽，她就是剛才拿茶給他的佣人，她應聲而到，沙先生對她說：「你告訴得榮，叫他記住太太十一點鐘要用車子。」

「十一點鐘？」沙太太說：「你到了寫字間還要到那裡去？我十點鐘就要。」

「好好，你說十點鐘。」沙先生又對韓媽說。

這以後，沙太太就吩咐開飯了。

我們到了樓下，日光燈很亮，飯菜也很好。兩個孩子也已經回來，一共連孩子六個人。我同沙先生還喝了一點啤酒，沙太太忽然同我說：

「你看他又矮又胖，肚子那麼大，還老要喝啤酒。」

我不知怎麼回答好，我似笑非笑的咧咧嘴唇，接著我就同那兩個孩子去說話去。我忽然注意到招呼那個孩子的，雖有一個佣人，但見明則時時在注意他們，沙太太坐在見明上面，似乎很少看她的孩子。

想不到見明這樣喜歡孩子，我心裡想。

飯後，沙太太問我喜歡不喜歡打牌，我說偶而打打，她說哪一天她約好了客人請我來打牌。後來我到樓上又坐一回，又談到郵票。我說我收藏了許多關於集郵的書籍與雜誌，沙太太就要求我可以借她一點看看，我自然馬上說好。

我坐了一回就告辭了。沙先生說他也還要出去，他可送我回去，見明當然也同我們同走。我們三個人一同上車，不一回見明就到了，以後長長的路線就是我同沙大煌兩個人，但沒有說什麼話。

他先送我，車子到我門口，我就下車了。

三

有一個星期日，我同我太太到見明家去，三姨夫也在。我們就談到沙先生同沙太太，三姨夫一聽到見明教書的沙家就是沙大煌的家裡，他似乎又驚奇又高興，我說：

「你認識他？」

「碰見過他，沙大煌誰不知道？」他說，後來大概我說起沙大煌有點怕老婆。

「所以他會發財。」三姨媽說。

「發財？他很有錢？」

「自然，自然。」三姨夫說著，於是他告訴我許多沙大煌的事業。三姨夫也是商界中人，所以他知道得很詳細。他還告訴我，有幾個我在他家裡碰見過的他的朋友親戚，都在沙大煌的企業裡做事。而且三姨夫似乎非常敬佩沙大煌，說他會用人，有氣魄，有決斷，眼光遠大，頭腦靈敏。

可是我心裡總覺得沙大煌給我的印象，沒有這些了不得的成份。我說：

「但是他既然有那麼些錢，為什麼他家裡很平常，布置得還沒有這裡講究漂亮。」

「有錢的人都比我們省。」三姨媽又發表意見。

「沙大煌在外面可一點不吝嗇。」三姨夫又說。

「那個弄堂裡的房子都是他的。」見明就說了：「沙太太的開銷靠那裡的房租還有多。」

「那輛汽車也舊了。」我說。

「他哪裡只一輛汽車！」三姨夫說。

「不過他回家去總是那一輛。」表妹見明辯護著說。

這時候，忽然三姨夫有個朋友來了。他同我們也有點親戚關係，我們都叫他史叔叔。三姨夫就說他就是沙大煌企業系統中的一個經理，接著又說：

「史叔叔的汽車就是公司的汽車。」

這是我們第一次知道史叔叔的車子不是他自己的，那輛汽車我同我太太都坐過。所以我太太馬上說：

「史叔叔的車子不是很新麼？」

「我們昨天坐的不知道要比史叔叔的舊多少。」我說。

於是史叔叔告訴我們，說這完全是沙先生的商業手段，因為史叔叔管的是進出口行，常常要同外國商人往還，所以沙大煌覺得他應當有一輛漂亮一點的車子。接著他就說了不少關於沙大煌的傳奇式的人格與軼事。在他的談話裡，可以聽出他對於沙大煌的敬佩，覺得可以同英美的企業家相比，而有英美大企業家的眼光魄力與風度的，在中國，只有一個沙大煌。

從此我知道了沙大煌，而且可知道了沙大煌的重要。

我們回到家裡，妻似乎很有心事，夜裡她同我講，說我可以踏進沙大煌家裡的門檻，那是很不容易的事，應當好好聯絡聯絡，謀一個好一點的位子。我說：

「我又不是學商業，又不是學什麼紡織工程，水泥工程……同他扯什麼關係？」

「人是商業的動物。」妻說：「這個商戰的時代，像你這樣一輩子沒有出息。」

「這算什麼話？出息不一定是發財。」我說：「我學什麼就幹什麼？」

「那麼你算是學什麼的？」妻說。你說女人夠多糊塗，她嫁了那麼久，養了孩子，還不知道我是學什麼的。

「我學的是美學啊。」

「學美學，就整天說那個小姐長得好看，那個太太風度不錯。這就是你的事業。」

妻不知道什麼是美學，也怪不得她，因為她是個中學畢業生，她父親又是個商人。我不再說什麼，可是她又說：

「幹商業也不一定要念商科，我爸爸就沒有念過什麼書，不也幹得很好。」

「但是他從小做學徒，有四十多年經驗，那就是了不得學問；我難道現在去做學徒？」

「誰叫你去做學徒？」妻說：「我不過期望你有點出息。對沙大煌聯絡聯絡有什麼壞處？

比你有出息的人，像史叔叔，都在聯絡他是不是？」

「什麼我就沒有出息，他們就有出息；他是企業家，我是學者，我同他們根本就不能比在一起。」

「但是他們什麼樣生活，我們什麼樣生活？」

「他們不過有錢就是了。」

「有錢，就是有錢；所以人人都拍他們馬屁。」這下子妻可直截了當把聯絡聯絡的名詞改為拍馬屁了。

「拍馬屁，我拍他們馬屁？為什麼我們同他們平等的往還不好，要去拍他們馬屁？」我已經有點不高興了。

「平等？人怎麼會有平等，你看山有高低，樹有大小，水有寬狹，鳥叫也分個聲粗聲細，怎麼人會有平等？憑良心講，沙大煌的才具氣魄自然比史叔叔他們要高，所以他們會這樣佩服他。人生成就是不平等的；為什麼見明長得這麼好看，她妹妹就差得很多，這麼會平等？……」

妻的不平等論的確不壞，因為它具有催眠的力量，我已經聽不見她還說些什麼，就糊裡糊塗的入睡了。

四

隔不了幾天，見明又打電話來，說沙太太明天請我同我太太去吃飯，叫我帶幾本郵集去，上次拿去的已經看完了。還要問我借幾本關於集郵的書。最後說到叫我吃了中飯就去，因為沙太太特意為我又請了些客人，可以成了一個牌局。

我剛在考慮的時候，妻在旁邊，突然搶過了電話，她說：

「好的，好的，我同沐灶準來。」

電話掛上以後，妻的態度就活潑起來，看來精神有點興奮，我本來還想說些怪她的話，看她很高興，也就不說什麼。

十一點不到，妻叫開飯。

「這麼早，怎麼吃得下？」

「下午我要出去。」她說。

「上哪裡去？」

「我要去洗頭。」

「你不是上星期剛做過頭髮麼？」

「明天不是要到沙家去麼？」我看她說得成理，不想再辯什麼，但是我說：

「洗頭也用不著一下午啊。」

「我還要買點東西。」

「買東西？買什麼東西？」

「你們男人不知道，第一次到沙家去，他們有小孩子；帶點東西也是我們的面子，也是你表妹的面子。」她還是有理，我想還是聽她去吧。

我吃不下飯，她也無心吃飯；大家馬馬虎虎吃了一些，她就出去了。

不到三點鐘，我肚子可餓了起來，一個人出去，吃了一碗麵，順便看了一個朋友，回家已過五時，但是妻還沒有回來。我開始想念她起來。

牆上是她一張婚前的照相。我望了望，覺得她的確是個很好看很可愛的女孩子，怎麼現在會染上了許多俗氣？這些地方也許就是她性格上不如見明的地方，見明在沙家似乎很自然，並沒有同以前有什麼不同。而她……

正在這樣想的時候，妻回來了。她不但做了頭髮，還做了指甲。

「你上哪裡去了？怎麼這樣晚才回來？」

「我回家去了一趟。」

「去吃點心去麼？」我的意思是她中飯沒有吃飽，早該餓了。但是她說：

「我去問母親借點首飾。」

「首飾幹什麼？」

「明天到沙家去，不戴點東西像什麼？」於是她拿出來給我看，是一串珠項鍊，一隻鑽戒。

「你自己不是也有一隻鑽戒？」

「你只在訂婚時給我一個鑽戒，老記在心裡；那連一克拉都不到，這是多少？四克拉！」

我看了一看，淡漠地說：

「我們去吃飯，不是去擺闊的，要那些幹什麼？」

「這是你的面子，又不要你化錢。你說要平等的交際，像叫化子一樣，怎麼可以交際。」

「你讀過莫泊桑的〈項鍊〉麼？」我說。

「莫泊桑？〈項鍊〉？……幹麼？」

「一篇小說，就是說一個小職員的太太去赴部長的……」

「我記得，我記得，」她說：「後來那個小職員的太太把那項鍊丟了，怎麼也找不到……

但那是小說，我怎麼會丟呢。」但是她忽然補充著說：「這些可不是料貨，都是真的。」

我不再說什麼。

第二天上午，她翻箱倒櫃，找出好些件衣服，穿穿這件，穿穿那件，問我的意見。

「隨便穿什麼。」我說。

「你比較懂得顏色趣味。」她說：「我總是你太太，帶出去是你面子，是不？」

這幾句話可把我說得服帖。我為她選了一件紫色底碎花的旗袍。

中飯又是十一點鐘吃，我吃不下，妻也吃不下；我沒有說什麼，因為我想到沙家總會預備點心的。

飯後，我一個人一直在看書，忽然妻走了進來。我還以有是客人，馬上站起來。我吃了一驚。

一瞬間我可自己慚愧起來，原來我的太太可以打扮得那麼漂亮！幾年來竟沒有給她打扮。我常常以為馬路上看見的都是美人，如今我知道其實他們都不如我的太太。

她擦了粉，塗了口紅，戴了一付滴露形的下垂長耳墜，髮邊綴了一朵絲絨做的紫色的花。身上是紫色的旗袍，頭上是那串珠項鍊，在昨天修過的手指上，閃著四克拉的鑽戒。不用說，真絲襪高跟鞋，亭亭玉立的站在我的面前。臉上露著多年不見的甜笑，兩顆酒渦非常誘人。

「可以先讓我接個吻麼。」

「我剛擦好口紅……」她不肯，接著板著面孔說：「你快打扮吧。」

我在換衣裳的時候，心裡一直想著妻嫁給我真是一種委屈，以後似乎應當讓她多出去交際才對。

我自然也不得不打扮得整齊一點，換好衣服，我打電話叫了汽車。等汽車的時候，太太坐在沙發上，我越看越覺得她美麗，但忽然我發覺她的手皮包太舊。

「怎麼拿這個手皮包？」

「我還有哪一個？」

「真的沒有了？」我說：「那麼你昨天為什麼不買一隻。」

「為你省錢，還不是。」

「這不能省，我們回頭走過公司去買一隻好了。」

接著汽車來了，我一手夾我的集郵薄，一手提著妻送沙家的禮物，走上車去。但在我上車以後，就再也不注意妻的美麗，因為我想到了莫泊桑的〈項鍊〉，我不時注意她手上的指環，同她頸上的項鍊，我擔憂它們會掉下來。

在先施公司，我們去買一個皮包；為配妻這樣美麗的打扮，合適一點的當然都是貴的，妻可忽然覺得很肉痛，一定要買便宜一點的。我勸她不要貪小，好一點的到底結實，而且像今天這樣的打扮，拿一隻紅紅綠綠的皮包，人家一定看得出她首飾是借來的。於是我為她選了一隻鱷魚皮的法國貨皮包。她看了半天似乎還沒有發現它的好處，但因為對我的眼光素來有點信仰，也就接受了。

於是我叫她把舊皮包的東西放在新皮包裡，把舊皮包叫店員包起來送到家裡去，這樣我們又回到汽車。

五

一到沙家，見明來門口迎我們，她叫佣人接過我手上的禮物同一包集郵薄。我拉拉領帶，帶著妻與見明走到裡面。

原來今天客人不少，男男女女已到了三對，沙太太一一為我們介紹，我注意每一個太太的容貌，儀態與打扮，覺得都及不上我的太太，一時間我很驕傲。沙太太同我太太有一番寒暄。接著已來了兩對夫婦。裡面的牌桌已經布置起來，一桌是麻將，一桌羅宋，沙太太要我們坐一家麻將，一家羅宋，我再三推托，坐了一家麻將。我記得我打了四圈，輸了很多，吃了點心，我就讓給妻去打。見明沒有參加賭博，她看我起來，就邀我到樓上去，樓上有沙太太的兩個孩子去做功課，所以很清靜，我就同見明坐下來談天。

我同見明雖是從小很熟，但一直沒有機會這樣坐下來談天；今天似乎一個很奇怪的場合。她打扮得很樸素自然，始終還是大學生的風度，一動一笑，有她無敵的美麗。同樓下那群太太們相比，她竟是一個不染塵埃的仙子，她今天似乎同我特別親熱。

她告訴我沙太太很喜歡朋友，自從上次我來過以後，想來約我已經好幾天，因為不好意思，所以一直到今天，她又說沙太太很喜歡我一些郵票，想問我買，但是她已經為我婉辭了。大概是五點鐘的時候，沙先生來了。他走進來很客氣的同我與見明招呼，將橫闊的身子放在沙發上，兩手捧起高高的肚子，兩隻腳似乎剛剛碰到地上，把灼灼有光的眼睛看我一眼，拿出一支雪茄。於是同我談起話來。我問他是不是不愛玩牌。

「偶而在外面。」他說。

我既然聽到他許多出奇的性格，所以很想多知道他一點，但是他似乎一點沒有興趣同我談他事業，他同我談郵票。這下子我可驚奇了，原來他對於郵票是非常內行的。後來不知怎麼，他問起我是幹什麼的，見明告訴他我在大學裡教美學，他於是同我談到藝術，他對藝術也有豐富的常識，但一講到中國畫，他的知識就遠超於我了。

我們談得很有趣，雖然在這些談話中，我沒有尋出他特出的人格。可是我已經發現他不是平常的商人可比了。

七點半的時候，佣人來請吃飯，我們才一同下樓去。裡面羅宋已歇手，麻將尚有二付，大家都圍在麻將後面看。沙大煌轉一轉就走出外間。我站在妻的後面，我發現全房間的人都在注意我妻，妻不但返回了我的輸本，還成了獨贏的局面。在最後二付牌裡，她竟又和了一付滿貫。

大家於是到外間吃飯，飯桌上的男人似乎對沙大煌都覺得高高在上，談話遠不是沙大煌沒有來以前，我在賭桌上聽到的自由與放肆。太太們因為男子們嚴肅起來，也變成靜默許多，只有沙太太，她不斷的對沙先生有侵犯的話語。但是沙先生態度很好，總裝作沒有聽見。飯後，沙太太還要我們打牌，我到覺得贏了錢不好意思走，但是妻竟撒謊，說我們小孩子有點不舒服，交給佣人不放心，恰巧還有幾個客人也要走，所以我也就附和著他們說走；後來大概是散了一桌麻將，一桌羅宋仍舊繼續著。一輛車子不夠，沙太太叫了一輛車，送我們四個同路的人回家。沙太太似乎特別看重我妻，表示非常親熱，連連叫她隨時去玩。臨上車的時候，還拉著妻手，說隔天打電話給妻。見明忽然拿著我上次拿來的郵集交給我，她說：

「你忘了？」

「謝謝你，」我說著看到她無敵美麗的神情與姿態，驟覺得妻有無法同她相比的弱點。車子開了，我又想到莫泊桑的〈項鍊〉，我趕快留神妻的手指與頸項，直看到閃耀著的光芒，我心裡方才安心。

到了家裡，妻非常興奮，她不但出足了鋒頭，還贏了不少的錢，她說要足足抵我兩個月的薪俸。我說幸虧贏了，要是輸了，我們經濟就要失去了平衡。她說為此吃了飯再不想賭；她又問我說孩子有病這個謊語是不是很自然。她還怪我麻將不行，幸虧後來讓她來打。她又告訴我，說她在翻本的時候真想不打了，但我又在樓上；後來贏回了買皮包的錢，她又想歇手，總無法托辭，想不到一直很順，贏了這許多，真不錯。

到了床上，她似乎還是興奮著，不斷的同我談沙家的那些客人。最後談到沙大煌，她說他長得真不像是個百萬富翁，一點也不神氣；要是她，無論他有多少錢，她決不會喜歡這樣的男子的。不過她很喜歡沙太太，一點沒有什麼架子，很客氣，很大方。

這時候我只希望有一個啞巴的太太，因為我可真是要睡著了。但突然，我發現太太頸項間的項鍊沒有了，我兀然驚醒，打斷了她的話語，我說：

「你的項鍊呢？」

「自然收起來了，難道睡覺還戴著。」

我方才悟到這是在床上，我勉強支吾著說：

「我不過覺得在你美麗的頸項上有一串珠環，一定比戴在衣外更有意義。」

六

這以後，妻就成了沙家的常客。不是沙太太打電話來，就是她打電話去；有時候我與妻同去，有時候妻一個人獨去；有時候汽車來接，有時候約在外面相會。她們一同買東西，看電影，吃茶，……總之，她們已經成了很好的朋友。我與沙太太自然也變得很熟。

但是妻想聯絡聯絡沙家可以使我多有點出息，則沒有辦到。現在我們知道沙大煌是很少回家的，甚至是夜裡，常常一星期兩星期不回去，這因為他的事業太多，他很忙，不時還要到外埠去。他在好幾個旅館都有長房間，那些長房間也整天讓友人在打牌在玩，他自己除了一定在辦公的一個地方以外，幾乎是不知道會在什麼地方。那沙太太自然很寂寞，需要朋友來給她作伴了。我總覺得沙大煌方面一定有別個女人，但是妻與見明都極力辯護，說起初沙太太曾對沙大煌懷疑，但後來證明的確沒有。不知怎麼，有一次我同沙太太談起男人背著太太與舞女同居一類的事情，提到沙先生，沙太太忽然說：

「他那樣子誰會喜歡他？」

「丈夫總是別人好，」我說：「就算你說他長得不風流，但他總是富商。」

「他要是真做出幾件風流事，我倒也許會喜歡他一點。」

我不再說什麼，但我發現沙太太的確沒有什麼愛情，所以也沒有吃醋這類情感。她沒有沙大煌，似乎活得很開心。

也許沙大煌也不喜歡什麼女人，他這個人像是徹頭徹尾是一個企業家，他陶醉在他的自己企業裡，就什麼都夠了。

沙太太借我的郵票還了我以後，她的郵票似乎都在重新編貼，妻與見明好像都在幫她，而且不時的來問我。我漸漸發現沙太太的確是個樂天的直爽的人，她的好處也許就在不敬愛她的丈夫，不覺得他丈夫了不得，她從來沒有覺得她丈夫高人一等的意識。所以在妻與她交友之間，我倒覺得很平等自然，使我逐漸地忘了妻這種「聯絡聯絡」的用意。

起初，妻到沙家去總愛我陪她去，現在則喜歡一個人去，我也有我自己的事情，不叫我去，我也樂得清靜。她同沙太太的交情，似乎一直很好，她對沙大煌的印象也好了起來，每常她從沙家回來，我們談到沙家的情形，妻就說出許多沙大煌的好處，沙太太要什麼就有什麼，只要打一個電話沙大煌，馬上就會送到。她羨慕沙太太的福氣，從哪裡物色這樣的一個又有錢又聽話的丈夫。

慢慢的妻開始有了許多變化，她做了許多新衣裳，添了許多裝飾品，不是說她打牌贏了錢，同沙太太一同去買的，就是說沙太太送給她的。她的打扮越來越時髦，這因為沙家來往的太太們都是這樣，她不得不極力不露寒傖，花錢的氣派也越來越大，本來什麼都計算，現在可什麼都不計算了。她開始問我要更多的錢，我們銀行的儲蓄逐漸枯竭。我開始對她有一點勸告，她說：

「你一個男人也太沒有出息。這一點錢就這樣那樣。你沒有看別人家的太太。沙太太要什麼，他丈夫就給她什麼，要多少錢說給她多少錢。好，好，你也不用著急，那一天我贏了錢還你好了，這一點錢，我一場牌就替你贏回來了。」

妻用這樣的態度來同我說話，我馬上想到這也就是沙太太對沙大煌的口吻；我想說什麼都徒多口舌，也只好不響了。

但是，不久，果然銀行裡的儲蓄恢復了，妻的用場也特別浪費奢侈。我知道她贏一些錢，想勸她以後要改變一點，因為究竟我們不能靠賭博為生，賭錢有贏有輸，贏了奢侈，輸了又怎麼樣？但是妻似乎毫無心緒同我談話。她現在忙於接電話，一接電話就是二十分鐘，說得笑容滿面；而同我談話則不是命令就是輕視；我忽然疑心她在沙家交到了男朋友，雖然在電話裡聽到的總是一些什麼太太什麼太太，而我心裡還有點不放心。有一天，正是天高氣爽的秋季，妻一早就打扮得花花綠綠，叫了一輛汽車到沙家去；我一點不說什麼，但是午飯後，我一個人搭了電車換了兩次公共汽車，也到了沙家。

開門的佣人是認識我的，一見我就叫我：

「金先生，好久不來了。」

「我總是很忙。」我說：「她們在打牌？」

「是的。」她說。我想她們要在樓下廂房打牌，我何妨先看看見明，同她在樓上談一回。我已經好久不見她了，始終覺得同她在一起談談是舒服的。於是我說：

「見明小姐呢？在樓上？」

「她已經不在這裡了。你不知道？她上星期到老爺公司裡去做事去了。」

奇怪，怎麼妻也沒有同我談起，我心裡想著就到了裡面，走進她們在打牌的廂房。裡面全是太太們，大都是四十以上的婦女，打扮得濃脂厚粉，珠翠盈身，妻是最年輕而漂亮，所以我一眼就看到她，她坐在朝窗的一面在打牌；她一見我，似乎很奇怪說：

「你怎麼會來？」

「我順便來訪訪沙太太。」

沙太太很熱誠的招待我，遞香煙給我，同我介紹些我記不清的某太太某太太，我就隨便同沙太太談談，於是問到見明。她說：

「孫小姐是學商科的，所以大煌公司裡請她去幫忙，待遇也好一點。」

妻看了我一眼，忽然說：

「你看，你一來我牌就不順了。」

「我順便走過來彎一彎，我就要走。」

「你還是走吧。」妻說：「回頭倒說你來陪太太，倒把你事情耽誤了。」

在太太們中間，我一個男人實在像是一個橘子在一大串葡萄中間，怎麼也擺不在一起，我就想找一個岔兒告辭，但是沙太太一定要留我吃了點心再走，我只好等著；東面敷衍敷衍，西面敷衍敷衍，弄得非常難堪。

吃飯的時候，沙太太忽然同我談到郵票，她說：

「謝謝你的郵票，真是……」

這句話把我弄得莫名其妙，因為我的郵寄是五本一次四本一次的換給她看，她早已看完還我，怎麼忽然會提到它呢。

妻忽然接著，打斷沙太太的話說：

「你們談什郵票。剛才我那付十二翻，真的全是沐灶來壞啦。」

我也毫不留意，跟著大家談到牌上面去。點心吃了以後，她們又開始繼續打牌，我就告辭出來。一路上忽然想到郵票，我已經好久沒有翻閱郵集，難道妻又為「聯絡聯絡」把它借給沙太太了。

回到家裡，我第一件事情就是查看我的郵票，啊，我發現缺了八本。我對於郵票二十幾年的愛好，多少的心血都放在那上面，這是妻所知道的。就是要借給沙太太也要得我同意，難道她竟送給她了？我非常不安的等我妻回來。

七

妻於十點多鐘方才回來，他一見我的面孔，似乎知道我發現了什麼，她笑著說：

「我贏了不少錢。」

「我的幾本郵票呢？」我問。

「在沙太太那裡。」

「你拿去的？」

她不響，急於去脫大衣。

「她不是早看過了麼？她還要幹麼？」我問。

「一點郵票……」

「你知道這些都是我的心血的結晶。」我追著她說。

「但是你沒有錢。」

「沒有錢，這些郵票有什麼關係。」

她坐倒在一個沙發上淡然的說：

「我賣給她了。」

「賣給她，沒有得我的同意！」

「家裡要錢用，你又沒有錢。」

「你賣了多少錢。」

「我賣了三千美金。」她似乎很得意的說：「你看，三千美金！」

「三千美金，這只值三千美金？」我說：「算了算了，那麼這些錢呢？」

「銀行裡一部分，還有我買了一些東西，還有七百多美金在我這裡，你要你拿去好了。」

「這算什麼話！那不是錢的問題，我的郵票。」

「郵票怎麼樣？郵票也不能當飯吃。」

「不管怎麼樣，這郵票我一定要拿回來。」

「我又不是小孩子，賣給人家東西去拿回來。」

「這算什麼話，你什麼東西不好賣，要賣這郵票。」

「難道賣去妮妮。」妮妮是我們的孩子，她說著又反而發起脾氣來，她說：「你看這些破郵票好像比太太孩子還重要。」

「自然比你這種女人重要。」我說。

這就開始了她空前的吵鬧，我也發泄了我多少日子的忍耐，一直到三點鐘的時候，她提出了離婚，我也開始冷靜地說：

「離婚，我絕對贊成，反正我們倆在一起不會幸福，你也沒有看得起我過。」

這樣我們就開始商議離婚的條件，她要妮妮，我答應了她；她說要五千元美金，我說沒有，她說那麼把還有幾本郵票也給她，我不答應，我說我寧可去借五千美金給她。總之這問題的原則已定，我們也沒有什麼話可說。窗外的天色已經發白，我就到裡面去睡覺去；她也進來睡覺，我們彼此沒有再說話；我看她很快就睡覺了。我望著窗簾外一點一點白起來，怎麼也睡不著，我已經不再考慮同她離婚的問題，我考慮的是如何籌這五千元美金給她。

我忽然想到她賣給沙太太的那部分郵票的實際價值，我一張一張大概的計算一下我肯定這至少是要值一萬五千美金的，而她只賣了三千元美金，還以為很得意。我決定第二天同沙太太去談一談，但忽然又覺得這似乎也不十分妥當，她如果同我打一句官話，我就什麼都沒有辦法，倒弄得很難為情，左思右想，最後我決定還是去看看沙大煌去。

那時天已經大亮，我索性不睡了，起來，洗臉，吃早點，大概十點鐘的時候，我到沙大煌的寫字間去，這是我第一次到寫字間去看他。

寫字間在四川路一個大廈裡。我坐電梯上去找到他的房間，裡面就看到十幾個人，於是有一個工友拿著我名片進去了。三分鐘以後，他出來帶我進一間堂皇富麗的會客室，會客室已經坐滿了人；我也就找一個位子坐下。隔不多久，我忽然看見見明走了進來，她打扮得同以前很不同，但還是簡樸明朗；頭髮改了樣子，更顯出她眉宇間的聰敏；她穿著高跟鞋，走路似乎更婀娜多姿；本來是修長的個子，這一來更像是一株柳樹在風中搖曳。她望了望，一直走向我的地方，我站起同她招呼，她對我很像自己人，笑了笑，就坐在我的旁邊。自然，我很想同她談談別後的情形，更想知道她在這裡的生活，但是她似乎很經濟時間，直截了當的問我有什麼事要找大煌，我說還是讓我直接同他談判。見明這才說出她現在是大煌的秘書，客廳裡這麼些人都有事同他接洽，我要等就不知道要等到什麼時候，而且現在他還沒有來。

這事情把我弄糊塗了，於是我只得求見明，叫她想想辦法，讓我同他見面談幾句話。見明於是又出去了一次，半天半天她方才回來，他說大煌已經來了，但是他辦事非常有次序，客廳裡許多人都是預先約的，有的一星期以前就約定了的。她已經再三為我查看大煌的時間表，要麼是明天夜裡九點在森林咖啡館，她或者可以想法子叫他在那裡彎一彎。我想想也沒有辦法，只得接受了見明的建議。

我走出他的寫字間回到家裡，妻已經出門，我也不再管她；夜裡，妻回來我已經睡覺，我們一直沒有說話；早晨我也一早就出去，於是到了夜裡九點鐘，我到森林咖啡館等候大煌與見明。

到九點十分的時候我看見了大煌與見明來了。見明今天打扮得非常鮮艷，同大煌一起的態度，像是同她父親在一起一樣，很有分寸。

我站起來，招呼他們坐下，大煌一坐下就連連對我抱歉，接著就問我有什麼事情要他幫忙；我看他的時間似乎很少，所以就直截了當的告訴他，妻沒有得我的同意把我的郵票賣給她太太，我希望把它買回來，不過非常不好意思，所以來請教他。大煌聽了，想了一回，忽然說：

「女人的事情很難辦。」

我沒有說什麼。

「都是些什麼郵票？」他忽然問。

「現在都在沙太太那裡，你可以去看，」我說：「這點郵票照市價說，至少也值一萬五千美金。」

大煌用他的灼爍的眼光看我一眼，笑了一笑，於是說：

「我去同她講講看，後天早晨我給你回音好不好？你到我寫字間來。」

他喝了半杯咖啡，就告辭了，我送他們到門口，看他上了汽車。

第三天，我很早就到了他的寫字間，在那個堂皇富麗的客廳裡等他，工友說他還有沒有來。我以為見明總要出來同我談談了，但是她竟不出來。後來大概大煌來了，客廳裡許多客人，我倒是第一個被傳見。到了裡面，我也沒有看見見明，只看大煌坐在一隻非常龐大而講究的寫字檯面前，很有氣派，嘴裡含著雪茄，他沒有站起來，也沒有同我握手，他招呼我坐在桌旁的椅子上，他又用灼爍的眼光看我一眼，微笑著說：

「真對不起，女人的事情真沒有辦法，她不肯拿出來。」

我沒有說什麼。他於是又說下去：

「我可以幫助你的，只能在金錢上彌補你一點損失。」

我還是沒有說什麼，他等了一回，看我兩眼。於是，他拿出支票簿一面寫，一面說：

「女人的事情，只好請你原諒了。」於是他扯了支票交給我說：

「這是一萬五千元美金，也只能彌補你經濟一點損失。真是抱歉。」這是第一次我同大煌有事情的接觸，雖是一件小事，但也使我看到了大煌的風度與人格，心裡起了很大的敬意。當時我接了支票出來，很想看到見明，但是竟沒有機會。

八

妻出去了兩三天，對於離婚，似乎更加堅決，這當然是她認識的太太們的鼓勵。我呢，覺得同她在一起也不會再有幸福，而且五千美金也已經有了，所以也不再想到挽留，我給她五千美金，再撥兩千作妮妮教養之用，也一次交了她，這樣妻就帶著妮妮離開了我。

現在我又只有一個人，有很長的時期，我很不能振作。許多朋友親戚都來安慰我。勸我重新結婚。如果我心裡還想結婚的話，那沒有法子禁止我不想到見明。三姨媽似乎也很同情我，叫我常到她家去玩，但是我始終沒有碰見見明。但是有一天，是星期日，天氣還是春天的天氣，不知怎麼，我竟相信那天見明會回去的，所以也打扮得很整齊到三姨媽家裡去。一到那邊，果然，見明已經先在家裡，我心裡覺得很幸運；但她正與三姨夫三姨媽談論一件事，我聽了可覺得希望已少了一半。原來見明要跟同大煌到西北去考察去，西北去了還要到西南，這樣一算，至少要五個月，而據她說，考察回來也許不久還要到歐洲去。

三姨媽似乎還不十分同意，但三姨夫竟非常贊成。三姨媽因有大煌他們一共去五個人，只有見明是女的，覺得不十分妥當；三姨夫則覺得借此旅行旅行見識見識是值得的，而且同大煌一同走，也不會吃苦，男人多，女人少，反倒有個照應。至於其他的憂慮，全在見明自己有頭腦，不然在上海也可以出事。見明於是問到了我，我知道她無非是自己定了，隨便來徵求父母的意見的，我想留她也沒有用，於是也就說了一套和三姨夫相彷的意見。最後見明表示她的意思也同我們一樣，已經決定於下星期三起飛。

我從三姨媽家裡出來，心裡非常空虛，但回到家裡，看看書，心境比較開朗。夜裡，我想到見明就要到歐洲去的話，我還有八千元美金，為什麼不到歐洲專心一意的去讀讀書呢。

這個意念對我以後的生命很重要，因為我從第二天起就跳出了這個狹小的煩惱範圍。那時候我在某大學做兼任教授，離放假還有兩個月的辰光。我於是就開始準備一切，決定於放假後就動身出國。我沒有把我的計畫告訴別人。見明已經到西北去，我也沒有同她通消息，偶而在三姨媽那裡，知道她走了許多地方，很好，很快活。天已經很熱，太陽似乎一天大如一天，學校的功課已經結束，出國的手續也都已辦好，我於七月中離開了中國。在歐洲我走了許多地方，我的孤獨的旅行使我的情緒有很多的變化。我最後到了巴黎，那已是九月初旬，西歐的天氣已經很涼快，我找了一個較舒服清靜的地方住下來，這就開始了我在法國四年的孤居。我很少同國內通音訊，見明的消息，更是一點都不知道了。

但是隔了一年多，第三年春末夏初之時，領事館有一個朋友請客，奇怪，那天所請的竟是大煌。大煌已經到了歐洲，他帶了兩個秘書，一個就是見明。異地相遇，大煌與見明同我自然分外親熱。大煌還是老樣子，似乎肚子更凸出一點，頭髮禿頂也加多一些，面頰的胖肉下垂了許多，但是眼睛還是灼灼有光，精神非常煥發，說起話來，明快、清晰、肯定、準確，他很有氣度的同許多人談話，嘴裡啣著雪茄。

見明仍舊是年輕煥發，但是打扮完全和在國內不同了，非常講究，非常豪華，本來是一個絕對美麗的女子，經此打扮，變成了一種說不出的誘惑。她的風度，已完全不是家庭教師時代的見明，也不是四川路寫字間時代的見明，她穿一件絲絨的旗袍，戴著金鋼鑽的耳墜，露著誘人的手臂，右臂上戴一隻雕刻得非常精細的象牙鐲子，水仙一般的手指，戴著一隻非常別致的由珊瑚鑲成的鑽戒。一種法國最名貴的香水氣味，不斷的在她的髮鬢間揮發。

從這種打扮上，我已經知道她們走了不少地方，她告訴我遊過近東，走過南歐，不久要到英國，以後再去北歐。於是她看了我一眼，用煥發明朗的笑容說：

「你瘦了。」我覺得她的表情是我從來不認識的表情。

「你可胖了一點。」我說。

「還是一個人？」她又笑了，一種玲瓏的嫵媚也是她從前所沒有的。

「一個人。」我說。

「你太寂寞！」她的同情也不是以前的同情，但是她把聲音放得很低，似乎是非常親熱的一種表示。

我沒有再說什麼。

「不預備結婚？」她閃耀著眼睛的光芒，斜著身子問我。

「沒有對象。」我說：「你呢？」

「沒有對象。」她搖搖頭模仿我的語氣說，兩隻耳墜微微一動，笑了半聲，就望到別處去了。

以後大概是領事的太太同她說話，我們沒有再說什麼。此後，大煌告訴我一個住址，是一家第一流旅館，他邀我明天去看他去。

第二天我應約去拜訪他們，那氣派與豪奢當然都不是我所容易適應。我們在極奢侈的地方吃飯，但反使我感到非常寂寞。我發現我與見明的世界，完全是兩個，我很少說話。見明似乎極力要使我高興，但是我已經不是離婚前後的我，我在這幾個月中，已經變成非常沉默寡言。見明告訴我明天就要離開巴黎，預備玩玩法國的名勝，所以我在同她告別的時候，也就說也許要到中國相會了。

九

自從那次以後，我沒有再碰到見明，也沒有碰到大煌，他們的消息也久疏了。我在法國前後待了四年，開始我的寫作生涯。回國後，只知道三姨夫已經去世，三姨母搬到鄉下去住，我也沒有法子去碰到他們；也很想到大煌寫字間去看看見明，不知她是否還在那面做事。但是總因為沒有安定下來，零零碎碎事情忙，一直拖著，過了兩星期還沒有去看她。

可是有一天，那是很冷的冬天，天下著雪，我到百貨公司裡想去找一點聖誕節的禮物送人。在我隨便看看的時候，忽然有個女人招呼我：

「啊，金先生。你什麼時候回來的？」

她穿著一件臃腫的狐皮大衣，擦著脂粉，面孔埋在皮領子裡面，一時我竟想不起是誰。我說：

「啊……啊，我回來不久。」

「你知道大煌已經死了麼？」

我忽然想起她就是沙太太，不錯，她的三粒假牙齒，現在似乎更顯露了。

「沙先生死了？什麼時候的事？」

「三個月不到。」她說著眼圈紅了起來。又吞吐著說：「你來了真好，我真想找你談談，你現在到我家裡去好不好？我有許多話要同你說。」她說著拉著我就走。我那天也沒有什麼要緊事，又想知道見明的下落，所以也就跟她出來。

她帶我進那輛以前大煌坐的汽車，那車子似乎更敝舊一些。一到車子裡，她就開始說，大煌只留了那裡的房子，還有三萬美金給她。一面說一面哭了出來，她說拿出手帕揩著眼睛又說，大煌一死，誰都欺侮她。我被她說得莫名其妙，只好含糊安慰她，含糊答應。她說她真想不到大煌會這樣壞，到他死了我們方才曉得。

「怎麼？」我含糊的問。

「他外面有兩個小公館。」

「兩個小公館？」

「你一點不知道。」

「我回國還不到半個月。」

「你不知道你表妹。」

「孫見明。」

「她就是一個。」

「她？」

「可不是，她住在貝當路那個外國公寓裡，你不信可以問她自己去。大煌的錢全在她的手裡。想不到她是這樣壞，你知道她在我地方時候的情形，那時候我待她當自己姐妹一樣，那裡曉得……」沙太太一面說一面哭，完全不像是我所認識的沙太太，她的神經似乎有點失常。司機就在面前，我覺得這種話太不好聽，所以就勸她說：

「沙太太，你傷心也沒有用，我們到家裡慢慢談，也許有什麼事我可以幫你忙。」

她又揩揩眼淚，我心裡一直想著見明，這樣漂亮，這樣美麗，這樣聰敏的人怎麼會同沙大煌同居。像她這樣的人，嫁誰不可以？一瞬間，我覺得沙太太的話不見得十分可靠了。

汽車到了沙太太的家裡，還是那個老佣人來開門，一見我就很親熱的同我招呼。我們到了裡面，沙太太直帶我到樓上，樓上的火爐弄得很暖，但是沙太太大衣都不脫就同我講：

「還有你那個太太。」

「我的太太？」

「你那個離婚的太太。」

「怎麼？她怎麼樣？」

「她也同大煌同居。」

「她？」

「可不是，大煌死了，她也來欺侮我，」沙太太哭著又說：「你不知道你們離婚後，我幫過她多少忙，那時候她拍我馬屁，哪裡曉得她……唉！」

「真的，你說的都是真的？」

「難道我造謠？上海還有誰不曉得，報上都已經登得不要登了。」

「你說見明也是？」

「現在大煌的財產，大部分都在她的手裡，誰不知道她還同大煌養了一個孩子，我都看見過。」

「你到她那裡去過。」

「自然。」沙太太說：「我要她分一點財產出來。」

「她怎麼樣？」

「她面子上很客氣。但是她在大煌活著的時候都預先改了她的名字。她同大煌養了孩子，但還是叫孫見明小姐。」

「大煌死在她那裡？」

「大煌病在她那裡，我一點也不曉得，一直到病重了，到了醫病裡，才來通知我。」

「什麼病？」

「醫生說是胃癌。誰知道，還不是那些狐狸精迷死的。」

說到那裡，沙太太又哭了起來。我說：

「這都是你當初太不管大煌，太不同他好的緣故。」

「是呀，我有時候也是那麼想。我想他蠢頭蠢腦的，誰會喜歡他，哪裡曉得像孫見明這樣好看的美人都會和他同居。那還有什麼話說？」

「女人都是一樣，大煌有錢，是不是？」

「他待我其實真是不錯，我知道他愛我，因為冷淡他，他才上了別個女子的當。」

沙太太說：「哪一件東西，只要我想要的，他都替我辦來。我一直不喜歡他，但是他一死，我才知道他的重要。可是我喜歡他也已經晚了。」他說著，眼淚又流下來，但這似乎是懺悔的淚水了。

這時候沙太太的兩個孩子回來了。女的長得很高，很好看，說已經是十七歲，男的是十二歲，長得很像大煌。

我不想多待，就告辭出來。沙太太一定留我吃飯，我說隔天再去看她。臨行的時候我忽然想起了郵票，我告訴她說：

「當初我太太賣給你的幾本郵票，至少也可以賣一萬五千美金，你千萬不要太便宜的賣給人家。」

我看她面上浮出了胖胖的笑容，這是她說了這許多話都不曾有過的表情。

到了門外，雪已經停了，但地上積雪已經很厚。有風，很冷。沙太太忽然想起了汽車，她同佣人說：

「你叫得榮送金先生回去。」

十

回到家裡，我心中有說不出的感觸，我有非常渴念的情緒，想會見見明。我預備第二天早晨去看她去。但不知怎麼，到了第二天，我竟又鼓不起勇氣；因為我相信，她也許不願意我知道這些她與大煌的事情的，如果我去看她而裝作不知道，這也是很不可能，那除非我在別處碰到他，而不是在她家裡。

這樣一遲疑，幾天就過去了。聖誕節有許多機關放假，有些朋友因我初初回國，拉我一同玩玩，我把這件事情也冷卻了。可是就在聖誕節以後兩天，在外灘，有一個上午，我一個人想穿過馬路去搭公共汽車。那時馬路很擠，我在紅綠燈口站了好一回，突然有一輛淺綠的簇新的別克汽車停在我的面前，裡面只有一個人，是女的，她穿一件檸檬黃的大衣自己在駕車，忽然伸出頭來，她說：

「你什麼時候來的？」

我吃了一驚，一看正是見明，我還沒有說什麼，她一開車門，叫我進去。那時正是在綠燈開動，後面的車輛很多，她不能久停，所以這是沒有法子允許我考慮的。我跨進車子，她就一直駛向愛多亞路。我坐在她的旁邊，聞到她在巴黎時候讓我聞到的香味。我說：

「你沒有變。」

「還沒有變？」她說：「我已經有了孩子。」

「你結婚了？」我假裝不知道說。

「你當然知道鄧肯寫信給蕭伯納的故事。」

「我知道，用你的美麗與他的頭腦……」

「所以並不需要結婚。」她說著，眉毛一揚，頭一動，有無比明朗與豪爽的表情。我往側面看她，只覺得她似乎一直在生長成熟，好像是剛剛開足的花朵一樣；所有過去的美麗現在才充分表現出來，衰老在她似乎還很遠。

「你什麼時候回國的？」

「才半個多月。」

「怎麼不來看我。」

「我又不知道你的地址。」

「還是原來的寫字間。」她很平常的說著。

「現在你到那裡去？」

「回家去，你到我家裡去吃飯好了。」

「三姨夫聽說已經過世。」

「沒有辦法，是癌。」

「真可惜，三姨媽呢？」

「在鄉下，過了年我想叫她出來。」

「見信、見光、見柄呢？」這當然是她的弟妹，我關念地問。

「見信大學畢業，在北平做事，見光、見柄都在北平念書。」

這下子我們沉默許多，我很想提起大煌，但不知怎麼樣說起才好。半晌，我說：

「那天路上我曾碰見沙太太。」

「唔。」她很鎮靜端莊，不說什麼。

「我幾乎不認識她了。」

這次她連「唔」字都沒有了。

「她說大煌過世了，真可惜。」

「也是癌症。」她說。

車子開到霞飛路，街路清淨了許多，我覺得我們間空氣太沉悶，於是望望車外的馬路，我說：

「上海還是上海。」這句話當然是廢話。

她不響。

「冬天還是冬天。」我又說。

她還是不響。

「人們還是大家在忙過年。」

她還是不響，我忽然看到她手指上仍是戴著那個我巴黎見過的用紅珊瑚鑲的金鋼鑽的戒指，我說：

「你這隻戒指還是我巴黎看到的那隻戒指。」

「是的。」她說：「這是我們在開羅時，大煌買給我的。」

車子從貝當路駛進去，我們沒有再說什麼，她忽然開得很快，一霎時就停在一個高大的公寓面前。她鎖上車子，我同她一同走進公寓，走進電梯，她沒有笑，沒有看我一眼，沒有說話。到了八層樓，她一直走到八〇四號，用鑰匙開門，我跟在她後面走進她的家。

這是一個高貴的公寓，而布置的精美華麗，很令我炫目，完全是新古典的裝置，我沒有來得及細看，見明已經帶我走進她的客廳；客廳很大，一盞琉璃磨料的大燈高懸在中間，第二個觸目的就是壁爐上面一張很大的大煌的油畫像，她站在油畫像前面忽然微笑著說：

「這是義大利現代名畫家普薩尼的手筆。我們在義大利時候，請他畫的。」

我點點頭，她招呼我坐一回，她就到裡面去了。客廳很大，布置則非常疏朗，一隻紅木陳桌，雕刻得非常細緻，上面是一個高大的康熙官窯的大花瓶，插著鮮艷的聖誕紅。牆角掛著一幅石濤的山水，非常精彩，那面還有一幅單條，我過去一看，是王守仁的墨跡，這是我從來沒有見過的。

就在我看這單條的時候。有人拿著茶上來，那是一隻英國製的靠花的茶碗，極其細緻。我正在欣賞的時候，見明穿了一件黑呢的旗袍進來，我們在兩隻單人沙發上坐下。前面是一隻紅木雕花的圓形的矮桌，我的茶杯就放在那裡。我開始喝茶，見明打開上面的一隻放得下雪茄煙的鑲嵌銀製圖案的木質煙盒。她拿了一支紙煙給我，她自己也吸上一支，我為她點火。鑒於剛才談話的空氣，我覺得非常難於開口，她也似乎有許多話想同我說，但無法開頭。半晌，我說：

「你的孩子呢？」

「回頭抱給你看。」她說著若有所思的，突然問我：

「沙太太還同你說什麼沒有？」

「她說到了錢。」我說。

見明不響，還是若有所思的吸著紙煙。我覺得這空氣太沉悶，站了起來，在屋子裡走了圈，屋子裡水汀很熱，我感到悶，我走到窗口，打開了一點窗子，回過頭來，我說：

「見明，我們雖是多年不見了，但總是從小常在一起的至親，你有什麼話不好同我講。」

「你有什麼話不可以直接問我？」

「你不會生氣？」

「我要生氣，大煌死後，許多流言，我早就氣死了。」

「我覺得，」我吞吐地說：「大煌雖是有錢，但有錢的人也不止大煌一個……」

我的話還未說完，見明突然站起，她把手上的紙煙投在一隻磨料的橢圓形的煙缸內，背著我說：

「你難道也以為我因為大煌有錢才同他同居的？」她忽然轉過身來，非常不高興的望著我說：「沒有一個人了解我，甚至我的母親。我告訴你，我愛他，我愛大煌。」

她的眼角浮出了淚珠，慢慢地流到了她生氣的美麗的面孔上，有一種逼人的聖潔，使我覺得她確曾受過不少的委屈了。我說：

「見明，不要這樣興奮，坐下來，讓我們靜靜談談。」

她坐下，我也坐下。我看她比較安靜，拿手帕在揩她的眼睛了，我就說：

「你說你是真的愛大煌，這句話是真的麼？」

「自然，」她又興奮起來：「有什麼不真？」

「你相信他也愛你嗎？」

「自然。」

「你知道他還有一個小公館麼？」

「自然我知道，」她說：「那是素茵，你的離婚的太太。」

「那麼我就不懂了。」

「你不懂，」見明忽然站起來，又興奮地說：「就因為你的頭腦完全被西方禮教所束縛著，正如我母親永遠被中國舊禮教束縛著一樣。」她說著走出座位，走到壁爐的前面，用莊嚴的口吻，像對好些人演說似的說：

「大煌從來不自私，並不像你那樣同太太合不來就離婚。他在沙太太那裡的情形你都知道，沙太太輕視他，侮辱他，他總是忍耐，委曲求全，沒有一件事情不盡力使太太快樂。素茵後來賭錢輸了，做投機賠本，家裡不要她，她流落外面，賣淫為生，沒有一個人看得起她。你離了婚，對一個女人就可以什麼不理不問，但是她求到大煌，大煌幫助她像幫自己的朋友，尊敬她像仍是你的太太。你的孩子，還在受正常的教育。……」

「但是他如果愛你，就不應當同她同居，是不？」

「關於這個，你可以問你的太太，」她說：「可是我同他同居，還在那件事情以後。在歐洲，我們一直是朋友，在巴黎的時候，碰到了你，他還希望你會愛我，同我好……」

「我？」

「但是那時候，你來看我們一次，就再也不來了。」

「你們當時不是說要周遊法國？」

「但是你也不來送行，或者提議陪我們同去遊歷。你在法國那麼久，我當時就希望你有這個提議。」

「難道說你那時候愛著我？」

「我愛你是很早的事情；但那時候我已經愛大煌，但是大煌有太太，有孩子，所以始終對我非常有距離，尊敬我，愛護我，為我幸福打算一切。他知道我對你有過幻想，所以在巴黎一碰到你，就想知道你是否愛著我……」

「但是，但是，我……我。」

「這些都已經過去了，過去的不必再提。」她打斷了我說話的企圖，於是又侃侃地說：

「回到國內，他身體感到不十分好，他相信我，把什麼事情都交我。我知道他愛著我，但不願意侵占我。我可以告訴你，這是我，我願意把我交給他。」

「就因為他身體不好了，有錢！」我說出這話，就看到我自己內心的妒嫉與淺狹。

「笑話！」她冷笑一聲，沒有理會我，繼續著說：「他的愛是偉大的。他沒有自私，他沒有把企業算作私產，他企業的股票都分給了所有的職工，這事你可以去問去，去問史叔叔也可以。大部分他交給我，但並不是因為我是他的姘婦，而是因為我是他的助手，我可以繼續進行他發展他一切的事業。他沒有虧待太太，也沒有虧待素茵，他留給她們足夠的錢養活；但是他太太當然不能了解他。素茵起初也不了解他，但現在她逐漸明白，哪一天你可以去同她談談，她住在辣斐德路三三八八二號，電話七九九三六。大煌不是像你這樣淺狹，你的愛情比他的愛情，不過是一個醜惡的欲念。你可曾為愛情忍耐，為愛情犧牲？你愛我，沒有等我就結婚了；結婚不好，就離婚；為一點郵票就看輕你太太……。大煌有三個女人，但沒有使一個女人痛苦，他沒有束縛她太太，也沒有束縛我，也沒有束縛素茵。大煌沒有叫我不交男朋友，我高興可以隨時嫁人。他同我同居的時候都時常那麼說，叫我不要以為嫁別人會影響我的事業，我嫁別人，他的事業還是我的事業，這因為我對於他事業知道最多，理解最深。」她忽然轉變了口吻說：「如果你了解這些，你就會相信，我跟他不是為他的錢。」

她的理直氣壯的口吻把我說得閉口無言，我坐在那裡望著她的身軀，望著大煌的畫像，心中有說不出的鬱悶，半晌都不知所措。忽然我看到一個佣人抱著一個孩子進來，我站起來說：

「你的孩子？」

「是的。」她也迎上去接了過來，抱給我看，那孩子一點不哭，抿著嘴，轉轉眼睛，張張手，我說：

「非常像你。」

「希望他靈魂像他爸爸。」她說。

「靈魂像你也已經了不得了。」我說。

「我完全是大煌創造的。」見明說著把孩子交給佣人，她說：「大煌不但創造事業，還創造人。他的部下不但個個都相信他，敬愛他，而且現在同我都合得來。譬如素茵，你見了她就會知道，大煌使她成了一個重新受人尊敬的人。」

這時候，另外一個佣人叫我們吃飯，我們走到了飯廳。飯廳裡布置得非常新式，不像是客廳裡的布置，我看到牆上見明的油畫像，似乎不是畫大煌畫像的畫家，但也很好。我沒有問她是誰的作品。

飯桌是柚木的大菜檯，我們只坐一個角落，三隻菜，兩葷一蔬，一隻湯是搾菜雞片湯，她說：

「沒有菜。」

「還需要客氣嗎？」我說：「你平常一個人吃飯很寂寞。」

「我中午很少在家裡吃飯。」她說。

半晌沒有說話，我看她似乎平靜愉快了許多，想是已把一切抑鬱都抒泄完了的緣故。我說：

「你還預備結婚麼？」

「怎麼？」她說：「你要告訴我你還愛著我麼？」

「我要說這句話，不是就因為你有錢有興旺的事業麼？」

「那麼要我說這句話了，」她說：「我愛的就是大煌的事業。」

「我早知道這一點，」我說：「所以在巴黎，我就不想再看見你了。」

「我以為你那時候應當有一個法國情婦。」

「我沒有大煌的本事與金錢，可以使每個情婦都愛他。」

「為什麼你不承認你沒有大煌這樣的愛情，可以愛好幾個的情婦呢？」

「我的頭腦始終被西方的禮教束縛著，你不是說過了麼？」

「其實你應當結婚，你太寂寞。」

「同誰去結婚，你愛的是大煌的事業。」
「我已經嫁了大煌的事業。」
「那麼我去娶誰？」
「你應當再同素茵結婚。」
「素茵？」
「是的。」她說：「她現在可以做你很好的太太。」

十一

我一回國就想見見素茵，原因是我想念我們的妮妮，因為沒有地址，無從訪問。後來從沙太太那裡知道素茵做了大煌的姨太太以後，我很想把妮妮領來，但如何進行，當然需要從詳考慮。現在聽了見明的話，我決定直接去看素茵。於是我打了一個電話給她。
「啊，你回國了？」她一聽說是我，就說。她的語氣並不露什麼驚奇，我相信見明一定已經通知她了。
「我可以來看你麼？」
「歡迎，歡迎。」她說，聲音似乎沙了一點：「你馬上就來麼？」
「馬上就來？」我說：「好的，好的，妮妮也在麼？」

「她也等著你。」她說。

「那麼再見，」我說：「我馬上就來。」

我掛上電話，就馬上到辣斐德路去看素茵，路上我買了一束鮮花。

辣斐德路三三八八二號是一個單幢的三層樓房子，裡面布置得很精雅，但並不華麗。最使我注目的是牆上大煌的遺照，很像。一隻火爐似乎還是因為我來而擺的，房子還沒有暖，素茵坐在爐前加煤，爐門還出著煙。她見我進去了很大方而自然的招呼我，把我給她的鮮花交佣人放在花瓶裡面，叫我一同同她坐在爐前。

素茵已不是以前的素茵，她老了一些，但偶而一笑，兩顆酒渦還是很甜。她穿一件很舊的深藍的綢質的絲綿旗袍，卷起了袖子。頭髮攏成一個蓬鬆的髮型，沒有一點脂粉的渲染，面色很黃，但還不顯焦枯，眼睛顯得怠倦。她一直沒有正眼看我，但是特別有一種令人憐憫的嫵媚。她沒有等我說話，就對一個送茶來的佣人說：

「妮妮衣裳還沒有換好麼？去叫她下來。」

於是我望著門口，佣人帶來了妮妮。我馬上看到素茵的心靈，她是因為我來而打發妮妮去打扮的；這要比打扮她自己要美麗多少？

妮妮是多麼像素茵呀！她的眉毛，她的鼻子，她的小嘴，面頰上兩顆酒渦。她兩頰微微地搽過胭脂，頭髮用紅絨線紮成兩個小綹，穿一件金黃的絨線衣，下面的蘇格蘭式的裙子。她長得很結實，很高大，我算她年齡已經是八歲了。

「妮妮！」我叫她。

她沒有理我，一邊望著我，一邊走到素茵身旁，素茵用手臂圍著她說：

「你叫爸爸。」

「爸爸！」她懷疑而含羞地說，小圓的眼睛一直望著我。

我去抱她，她沒有抗拒，但面容上露出驚惶不安的神情。我突然想到我來得實在太匆忙，沒有帶一點東西送她。我問她一些幾歲、有否讀書、喜歡不喜歡看電影一類的話，她先沒有回答，後來素茵說了，她才同我談了一回。我提議今晚同我一同去吃飯，夜裡去看電影。於是素茵叫佣人把妮妮帶去。我開始同素茵有很清靜的談話。

人的心理因素是極複雜的。如果我沒有先看見妮妮，如果素茵打扮了自己，沒有打扮妮妮來接待我，我們的談話一定就有許多不同了。

我先告訴她，我會見過見明，又告訴她見明告訴我一些什麼，於是我提到了大煌，她說：

「他是一個了不得的人。」她一直望著爐子說：「現在我可以什麼都告訴你，因為在我，什麼樣生活都已經歷過了。」

於是她告訴我離開我以後的一切。

素茵於離開我以後，她先住在家裡。後來因為母親過世，與兄嫂不合，就搬了出來，在巨發來斯路租一間前樓。她每天打牌，輸了好些錢，又與沙太太那裡往還的一位王太太，一同做投機，就完全破產了，還欠了許多債。她弄得走投無路，就搬到虹口一個亭子間去住，以後就逐漸流落。她已經一次兩次向所有認識的人借債，起初朋友親戚們還敷衍她，慢慢就沒有人再瞧得起她，她也沒有面目碰見人。於是沒有辦法，她到一個小舞場裡做舞女，因為心神非常不好，生意也很清淡。但有一次，一個舞客在一個宴會中叫她去伴酒，那裡，她忽然碰見大煌，她非常難為情。大煌當時只裝著不知道，但是第二天他竟到舞場裡去找她，同她談了一個鐘頭，叫她放棄舞女生活，搬了房子，由他每月給她錢，好好養自己的孩子。素茵當時以為大煌要同她同居。她多時自暴自棄，自形穢慚的心理看到了光明，她發現自己還是美麗而可愛，她決心從新做人，她接受了大煌。但是奇怪的是等她弄好這所辣斐德路的房子，布置像一個家的樣子以後，大煌只來看過一次，從此就有兩三個月沒有來。但是每到月底總送給她一張支票，這使她弄得莫名其妙，於是在她收到支票以後，她寫了一封信叫大煌有空來看她一次。她打扮得非常漂亮來接待大煌，但大煌對她毫不注意，他帶了許多東西給妮妮，還叫妮妮進幼稚園。素茵於是求大煌時常來看看她，因為她覺得只有大煌是她的親人。大煌也答應了她，但是每次來都像朋友一樣，問問這個，問問那個談了一會就走。

「那時候，我是多麼希望大煌肯帶我去看一場電影，跳一次舞，或者去吃一餐飯呀！」素茵說：「但是大煌從來都沒有。」

素茵開始由愛慕大煌而恨他。她又從安居樸素生活中飛躍出來，她又打扮得花枝招搖，出外交際。她認識了朝平，是一個在電影裡演小生的角色，她們熱戀了一陣，但是朝平以為素茵是什麼闊人的姨太太，不斷的問她要錢。素茵受過錢的打擊，自然不敢超越大煌給她的限度，於是朝平離她去了，她很傷心。接著她認識了一個姓劉的空軍，很漂亮，天天帶她跳舞，他們過著很快樂的生活。於是，他答應她，他要去離婚，再同她結婚，從此他就天天住在素茵的家裡，一拖兩個月，最後那位空軍跑了。她發覺，她趕到機場，但是那位空軍已上了飛機，對她揚揚手，她發現與那空軍同去的是另外一個女人。

她傷心地回到家裡，從此幾個月沒有出門，她不知怎麼才好，但是她竟沒有恨朝平，也沒有恨劉某，她恨的竟是大煌。有一天，大煌到她那裡來。她同大煌說：

「你到底知道不知道我這裡常有男人來住的？」

大煌可是一點也不大驚小怪。他說：

「你是女人，但是我希望你會碰到一個真正愛護你的的男子。」

「但是這裡是你的家，」素茵急得發起脾氣來了，她說：「這房子是你的，這家具是你的，這一切都是你的，你沒有負你一點點責任。」

「為什麼你不許我尊敬你，看重你，希望你有一個光明的前途呢？」

「我是舞女，我不要人尊敬，我不要人看重，我要人喜歡。」素茵說：「我以為你喜歡我，才把我救出火坑，我決定為你改過做人，我什麼都不要，我要尊敬你，愛你，侍奉你；而你沒有把我當作人，沒有把我當女人，你比什麼人都看不起我。比最低級的舞客還看不起我。」

素茵哭了，大煌不知所措，她突然站起來說：

「那麼你要我幹麼？你以為我就是為這房子這家具這衣服麼？」

素茵把什麼都毀起來，她扯破了她自己衣服，拋掉了手錶，把桌上的花瓶、茶杯一切都丟在地上，她翻了桌子。

大煌不知所措，他安慰她說：

「這算什麼回事？你要什麼，安靜地說。」

「我要一個家，我要你當我女人，我要你把這裡的一切都看作是你的，把我也看作是你的，把妮妮也看作是你的。」素茵哭著說：「大煌，只要你有一點點愛我，我一定可以恢復美麗，我還可以振作起來，我一定可以使你有一個舒服安詳愉快的家，我會侍奉你，使你感到這裡比你太太地方有安慰有幸福……。」

……

從此素茵就做了大煌的外室。

「你真的愛他？」我問。

「從此我一直愛著他，越來越愛他了。」素茵說：「他沒有一點點使我不開心過，他愛護我像愛護一朵易碎的花。你說，沐灶，像我這樣一個流落的人，誰肯把我看作一個平等的人？以大煌這樣的地位與身價，什麼女人不可以去占有，而要愛我。」

「但是沒有女人會像你這樣體貼他安慰他的。」

「我希望我可以在這方面報答他，而一切都因為他好。」

「你知道大煌與見明同居麼？」

「我知道，我自然知道。」她說：「我願意大煌有他的幸福，當時我說，一切都不必告訴我，因為他覺得對的決不會有錯。」

我不響了，我沉默了許久，然後我問：

「你還是愛大煌。」

「自然，我會終身愛他。」

「但是，見明竟希望我可以同你再結合。」我淡笑著說。

「如果你願意，這也沒有什麼不好，大煌從來沒有覺得我不應當做什麼，如果於我是幸福的，他死而有知，也一定非常開心。」

我沒有再說下去，我陷於沉思之中，但也不知道在想些什麼。她說：

「當然你不能同他比，我碰見過男人太多，不是把女人當作貨物或玩具，就是把女人當作仙人，否則就是把女人當作男人，能夠把女人當作女人而尊敬她，愛護她的則只有大煌。」

「那麼我呢？」

「你先是把我當作仙人，後來把我當作男人，你沒有什麼不好，但是你不知道女人。」

我已經沒有話說，天已經不早，我請素茵準備一同帶妮妮去吃飯看電影去。

素茵交我一包書，她說：

「你先看看書，我去換衣服去。」

我打開一看，原來是當初她賣給沙太太的幾本郵集。我的心不知怎麼，突然跳了起來，許久許久，我一直不知道是快樂還是痛苦。

素茵與妮妮下來了。素茵打扮得非常素雅，她擦了粉，似乎沒有擦胭脂，頭髮仍是攏成一個髻，兩鬢聳起的地方使她的前額有特別的風致，她浮著我所熟識的笑渦說：

「這包書我送給你。」

「你？」

「我向沙太太買回來的。」

「三千美金？」

「一萬五千美金。」

「唔，唔……」我說：「我希望你保留著，這是大煌的。」

我們一同走出門外，到了一家汽車行，坐上汽車，我突然想到當初第一次到沙太太家去吃飯的情形，我想到了莫泊桑的〈項鍊〉。

於是我看看素茵，她今天沒有戴項鍊，但是，我看到她手上的指環，一隻鑽戒，我吃驚了，我拉起她的手，我說：

「這是……」

「你不認識了。」素茵淡漠地說：「這是你送我的訂婚戒。」

「一克拉都不到。」我說。

她沒有理我，縮回了手，望著前面說：

「大煌為我贖回，叫我永遠戴著它，為紀念妮妮的父親。」

我沒有說什麼。

「大煌創造了我。」她說。

……

十二

親愛的讀者，這篇故事還要我寫下去麼？

在淺水灣，你看見的，一個頑皮活潑十五歲的姑娘，穿著金黃的游泳衣，戴著金黃的游泳帽，臉上浮著兩顆笑渦的那就是妮妮。

攏著美麗的髮髻，坐在小船上的，看來不過三十二、三歲的女子那就是素茵。

「那麼你在哪裡呢？」

你沒有聽見妮妮對素茵說麼？她說：

「我們回旅館去吧，看爸爸有沒有把那篇小說寫好，拉他一同出來划船。」

「你也變成一個好丈夫了？」

「這是大煌創造的。」

「胡說八道，大煌不過是你創造的小說裡的人物。」

「沒有一個我小說裡的人物不在創造我。」我說：「你看，你看她們已經來叫我了。」

一九五〇、七、二九、香港。

百靈樹

百靈樹

王先生是一個做事非常認真，談話非常有風趣，處事接物很有氣度的人。他要到嘉義去處理工廠，他的公子王達文要到臺中去詢問大學，知道我時常說起要到阿里山去遊玩，阿里山就離嘉義不遠，所以他邀我們一同去。我們都知道他在那面有朋友，路熟話通，找宿找車都便當，所以一說起，大家都高興。參加的有聶太太，厲太太，先萌同他太太存美，加上我與王先生父子，一共七個人。但是臨時先萌說他有一個堂妹妹，因為銀行放假也可以參加，所以一共買了八張票。

這一群朋友，彼此都很熟。只有先萌的堂妹先晟，大家對她都沒有見過，除先萌夫婦外，還是我見過她幾次，都是在先萌的家裡。她是一個很不平常的女孩子，長得不平常，態度不平常，個性也不平常。她的個兒不高，可是看起來似乎很高，身材很勻稱。臉部並不十分好看，髮腳長得很低，額角很豐滿，下顎尖削，幸虧顴骨不高。從顴骨到下顎兩根條線很柔和，下頦圓圓的一塊像一個果子，鼻子很端正，眼睛大大的，眼角微微朝上，眉毛則天生是勻稱不亂，細細的長長的，非常吸引人，可是她一點也不擦粉抹脂，打扮得像一個中學生。我第一次碰見她正是正月裡，先萌家裡客人很多，在玩牌九。她也很有興致湊著來押，但沒有多一會兒，也沒有什麼輸贏。大家正玩得很有興趣，她忽然一個人在屋角沙發上打絨線。我很想過去同她談談話，但太陌生，覺得很難開口。

後來隔了好些日子，我偶而同存美——先萌的太太會見，我就問她先晟是不是常到她家裡去玩。

「她很怪，來的時候天天來，」存美告訴我：「不來的時候幾個月都不來，有時候約她來吃飯，她也不來。」

「她在念書？」

「她在銀行裡做事。」存美說。

「就住在銀行裡？」

「不，」存美又說：「有時候就住我們家裡，有時候突然搬到先萌的二哥家裡，隨她高興。起初我以為她對我有什麼，但後來我知道她生成脾氣如此，哪一天忽然高興了，就又會搬來。所以她搬走我也不挽留，來了也不拒絕。」

「很不平常。」

「真是古怪，我也不怎麼知道她，」存美又說：「像她這樣二十二三的少女，應當很愛打扮了，但是她一點不愛，她薪水也不少，一個人，不要付房錢飯錢，但是從不做一件衣服。」

「可是那天我看見她不是穿得很整齊嗎？」

「啊，那件條子呢旗袍，還是我送給她的。」存美又說：「正月裡，先萌客人多。他的妹妹，住在我們那裡，你說常常穿一件藍布褂，別人還以為我在……我在什麼她。」

存美是個很聰敏，很能幹，很要面子，很好勝的女人。她用女佣都要挑乾淨流利，自然不願先晟太不修邊幅了。

果然以後兩三次碰見先晟，她都穿得很樸素隨便，可是不但一點沒有減去她動人的風致，反使我覺得她不過十九歲、二十歲的模樣。她的眼睛與眉毛，總是跳著極其聰敏的光芒。我很想同她談談話，她似乎也很高興，說起話來雖然很像有點害羞，但應對的詞句很不落俗。可是不知怎麼，剛剛談到一點可以發揮的時候，她忽然皺一皺眉，說一句「對不起」就離開了。

後來，我雖然也常常在先萌家裡，但沒有碰見她，知道她又搬到先萌的二哥家去，好些日子不來了。

如今她居然同我們一起去遊阿里山。

阿里山有原始森林。在日本人治下，為採伐這森林，自嘉義到山頂，有直達的鐵路。我們從臺北出發，自然先搭火車到嘉義，票子早已分配好。我陪聶太太、厲太太；王先生同他的少爺；先萌夫婦同先晟；大家在車上會面。我們上車的時候，先萌夫婦同先晟已經先在，我替她們介紹了。聶太太同厲太太同先晟竟一見如故，後來王先生與他的少爺也來了。王達文，是大學二年級的學生，要轉到臺中一個工業專門學校，想去看看是否合適，插班是否可以，大概是二十四歲吧；很健康活潑，會駕車，會游泳，會修理無線電，會唱英文歌，會打網球，還打一手好「橋」戲。當然，我就替他們介紹了。對面車座本來坐六個人，王先生父子上來，我與先晟都站起來，王達文把王先生的行李放上行李架上，我同王先生就坐到右鄰一個車座上去。

我們人人都有一個年輕的過程，在發展上有一個時期實在是同動物很相像的，雄雞在雌雞面前愛啼，公鹿在追求時也愛叫。王達文一見先晟就不能矜持。他不時看她，忽然又唱起歌來，一會兒站起，一會兒坐下，一會兒望望窗外，一會兒拿出撲克牌不斷地玩弄。

先晟本來有說有笑的？但不知怎樣，忽然一聲不響，同存美換一個位子，一個人望著窗外。火車已經掠過田野，慢慢地快起來，大家一句兩句的談話也談不起勁。王達文手裡弄著撲克牌，嘴裡哼著英文歌，也不知怎樣好。這時候厲太太忽然提議玩牌，大家都不反對，可是她問到先晟，先晟微笑著說：

「我不會。」

「我來教你。」王達文忽然高興地站起，想同先萌換位子了。可是先晟遠遠地看了我一眼，非常文靜地說：「讓余先生玩好了。」她說著就站起來，馬上走過來同我換位子，我自然不能拒絕，就到她的車座裡去了。此後一直到嘉義，她都坐在那邊。

因為王先生事先打過電話，所以一到嘉義，車站上就有他的朋友來接。嘉義是一小城市，旅館少，房間小，我們只好兩個人住一間。我同先萌一間，王先生父子一間，聶太太厲太太一間，存美先晟姑嫂一間。王先生朋友請我們吃了一餐豐富的餐飯，席散時已經不早，明天一早要上山的，所以大家就很早就寢了。

第二天我們搭汽油車上山，王先生在嘉義的一個朋友史先生也同我們一同上去。路上都是新鮮的風景，穿過一個山洞，隔一忽兒又穿一個山洞，上了一個山巔，翻過去又一個山巔。那時候正是春天，但三四個鐘頭以後，景色慢慢變了，氣候也冷了下來，我們已經穿到雲層裡面。

起初大家都是很快活的，但後來太太們有點累，穿上大衣還叫冷；天又忽然下起雨來，於是大家談笑都少了。王達文一個人又哼起歌來。先晟呢，那時正坐在我的旁邊，靠著我，忽然說：

「這風景，我似乎在什麼地方見過。」

「山水的風景總有相像的。」我說。

她似乎沒有注意我的話，也不說什麼，只是望著山景出神。我注意她視線所觸的方向，是一片叢山，正對我們的是一個峭壁，峭壁下有許多灌木夾著野草，像一個山坡，斜到山谷，下面一望千丈，可以看激湍的溪流；這邊溪岸斜坡上，許多樹林，雜著小道，再上來就是我們汽油車在走的鐵路了。

那時叢山上面都蓋著濃濃的雲霧，再上去就只有陰灰的天空，峭壁以下，煙霧漸淡，時聚時散，時疏時密，一切的景物像都蒙上了輕紗。先晟忽然說：

「奇怪，我一定是在夢裡來過這地方。」

我沒有回答，但覺得這種經驗人人可能有過，到一個新地方會像是過去夢中所見的。在心理學上解釋起來，可能是曾經看過一幅阿里山的風景畫，在夢裡變成真景，現在身歷其境，反覺得是夢境的重演。

我們到了山頂不早，山頂有以前日本貴族們住的別墅，現在改為旅館，我們就預備在那裡投宿。那建築當然是日本式的，但布置很講究，在樓上有一個很大的陽臺，前面都是長窗，從那裡可以望到煙霧籠罩的山巒，隱隱約約可以看見許多山峰的積雪。

上面已經很冷，工友為我們拿上火盆，旅館裡還預備著棉的和服。我們一個人披上一件，但是聶太太與厲太太已經很累，她們馬上倒在床上，蓋上了很厚的棉被。王先生同他的朋友史先生吩咐旅店裡預備飯，我就走到陽臺上去。這時先晟正站在窗口遠望，她披著和服似乎更有風致，王達文忽然唱著洋歌活潑地過來，他似乎想找先晟說什麼似的，我就站在另外一端去。這時候先萌夫婦也往裡面到我站的地方走來。先晟似乎只注意著窗外，沒有注意到我們，一直到王達文走到她的身後，她才回過頭，看到我們三個人在這一端，她像避開王達文似的走向我們地方來。

這一面，遠望也是雲霧與叢山，但近看則是一個山谷，有幾塊危石參差地掛在谷上。先晟忽然說：

「這些石頭像要掉下去似的。」

「可是它們的根一直在土裡，所以站一百個人也不會動的。」先萌說。

「那可說不定會掉下去的。」存美說。

「從那裡跳下去會死麼？」先晟說。
「不死也爛了。」我笑著說。
天本來下著微雨，現在變成雪子，等我們吃飯的時候雪子很大而且還夾著著雪花。多數的人都說等明天天好再玩，下午還不如在旅館裡玩撲克牌。可是飯後，因為昨天在火車累了一天，晚上在小旅館沒有睡好，早晨又醒得早，再加上坐了幾個鐘頭的車子，又冷又累。一飽一暖以後，都想午睡了。
我睡了一個半鐘頭，起來看大家都還睡著，外面還是下著雪子夾著雪花，旅店內似乎非常冷靜，我就穿上那棉和服，又披上雨衣，到外面去散步去。外面很冷，但雪子倒小了，風也不大，天空總是很陰沉，山巒在雲霧中仍是忽現忽隱，很好看。
前面有兩條路，一條上山，一條下山，我就向上走去，走不到二十步，忽然看見一個穿著和服，拿著一把日本傘的女人在前面走，我先以為是一個陌生的旅客，但忽然看到腳上的皮鞋與露出的旗袍，我就認出是先晟了。於是我就叫她一聲，她回過頭來，我看她正拿著一枝樹葉，我說：
「你沒有睡覺？」
「我睡著了一會，看你們都睡著，我就出來走走。」她說。
「哪裡來那麼一頂傘？」我趕近了說：「我幾乎不認識你了。」
「問旅館借的。」她走到我旁邊，忽然搖著手上的樹枝說：「你知道這是什麼樹？」

「好像別處也見過，」我說：「但是叫不出名字。」

「我們那裡也有，」她說：「土話叫做百靈樹，就是常常會給人預兆的，好像我們那邊比這裡的大。」

「這大概是氣候關係。」我說：「但不知小的百靈樹是否也會給人預兆？」

她沒有再說什麼，我們一起走著，等一會我覺得太沉悶一點了，我就找一句話說：

「他們真能睡，我起來他們還睡得很甜。」

走著走著，前面是下坡路了，下面有許多木屋，木屋上已有了炊煙。先晟走到該下坡的地方立住了，望著左面層疊的峰巒與下面層疊的雲海出神，我也隨著她的視線望著。半晌，忽然雲層激動起來，有風襲擊了先晟手中的傘，她一時無法收避，我過去幫了她收起來，雪子不大，我就為她拿了傘，我說：

「回去吧，你冷麼？」

她點點頭，我們就一同走下山來。才走了幾十步，就碰見王達文背著照相機，哼著歌上來。我招呼了他說：

「你也起來了？」

「他們都起來了，在玩撲克。」他說：「叫我來找你們。」

「我們正要回去。」先晟說。

「我替你們照一張相。」王達文說。

「夠光線麼？」我說。

「我的鏡頭是F2的。」王達文說著就站到路側，打開了照相機。

「我不照。」先晟忽然微笑著，很快走下去。

「那麼我替你一個人照。」王達文以為先晟不愛同我在一起照相，他就對先晟說。

「我從來不愛照相。」先晟仍是微笑著說。

「照相有什麼關係……。」王達文似乎覺得先晟太不開通，他開玩笑地說。我怕他還會說出使先晟不愛聽的話，所以就搶著對先晟說：

「那麼你替我同王達文照一張。」

她點點頭，王達文於是就對好光線，把照相機交給先晟，自己就過來同我站在一起，先晟大概覺得她手上的樹枝無處可放，所以就對我說：

「我把這送給你吧。」

我於是奔下去，接過了樹枝說：

「真的送給我了？」

她對我笑了，眼睛忽然閃出奇異的美麗的光芒，這是她過去與以後都從未留給我過的印象。

我跑回來，站在王達文一起，先晟為我們照了相。那張相裡所以手上有一枝樹枝，這就是先晟送給我的。

我們回到旅館，他們正在弄撲克牌，我們也參加了，玩些「撒謊」「討債」……一類簡單的玩意，天色已不早，沒有多久，我們就吃飯了。

飯後，是王先生的朋友史先生想得周到，帶上來一罐咖啡，所以我們還有咖啡喝。就在喝咖啡的時候，不知怎麼，王先生忽然談起鬼故事，後來他講你講，越說越怕，山上沒有電燈，外面靜寂無聲，雪子與雨，似已停止，可是時而一陣風來，吹得窗戶軋軋作聲，我是不怕鬼的，到此情境，也不免有點悚然。

王先生、先萌、王達文都比我還膽小；太太們更是靠壁而坐，連動都不敢動了，獨獨先晟，一點沒有變化，還是文靜嫻雅的談話。

「你一點都不怕？」我問她。

「我不信有鬼神，但即使有鬼，人人死了都要成鬼，那怕它幹麼？如果沒有鬼，那更不必怕。」她微笑著說。

「怕鬼的人是不管有沒有鬼的，有鬼可怕，沒有鬼也可怕。」先萌說。

「這怎麼講？」先晟辯論地問。

「我想這同有愛人的人想愛人，沒有愛人的人也想一個理想的愛人是一樣的。」我想轉移一下鬼空氣，所以玩笑似的說。

這句話引起全屋子的人都笑了，但是先晟沒有笑，她也不說什麼。

「天大概晴了，明天大家早起看日出去。」王先生說。

「那麼我們應當早一點睡。」我說。

王先生於是說到房間一共有四間，兩間在樓上，兩間在樓下，樓上房間好一點。樓下則是日本式的，要睡榻榻米；所以讓太太小姐睡樓上，我們男人睡樓下去。很合理的。

但是太太們可是怕鬼，說四個女人睡在樓上，要是什麼事，叫都叫不應，厲太太第一個反對；存美是日本留學的，她喜歡榻榻米，所以就說，床要兩個人睡一張，榻榻米可以暢開兒睡，她寧願睡樓下；你說一句，她說一句，意見分歧。最後決定了樓上一間睡男，一間睡女，樓下也一樣。厲太太、聶太太、史先生同王達文睡樓上，王先生因為是胖子，不願拼鋪，要睡榻榻米，所以同我以及先萌、存美、先晟則睡樓下。

這樣總算大家同意了。於是我們睡樓下的人就拿著手電筒、蠟燭走下樓來，這時大概已經十點多了。

樓下的房間布置得完全是日本式的。從走廊走進去，我們就脫了鞋子。走廊上，朝外面倒是一排玻璃，朝裡面則是方格子木條糊紙的間隔。一列大概有五六個房間，因為房間的分隔也是這些方格子間隔，所以女的住最外面一間，我們睡緊隔壁一間。我們的裡面一間，是不是有人住著我們不知道，但黑黝黝的，無論有人無人，於女太太總是不便，而覺得可怕的。房間倒是很乾淨，我們三個人一到裡面，一個人據一角落就睡了。

奇怪，我同先萌還是在說話，王先生已經打起呼嚕，我說：

「到底胖子容易睡。」

先萌沒有理我，不一會，他也鼓起鼾聲。這下子我可怎麼也睡不著了。外面透進陰切切的亮光，微微的風聲似斷似續地輕輕地敲著窗櫺。裡面則是一高一低忽長忽短的鼾聲。忽然像是有人敲廊外玻璃的聲音，三下。仔細聽就沒有了，但等我翻一個身，想極力擺一個睡眠的姿勢時，又是三下。那一定是有人在敲窗門了，我想叫王先生同先萌，後來覺得大驚小怪不好，再仔細聽著，聲響又沒有了。隔了一回，忽然急急地敲了七八下，這下子我可奇怪了。我摸出枕邊手電筒貼著紙隔上照照，聲音又沒有了。這次可隔了許久許久，至少有吸兩支煙的工夫，忽然窗外玻璃上又敲了五下。這次是「得得得得——得」，像很有節拍似的。隔了一回，又變成「得得——得得——得」的節拍。我又想叫王先生同先萌了，但忽然我聽見一聲輕輕的嘆氣聲。我的好奇心一時間竟濃過了我的害怕，我決定不去驚動他倆，屏著呼吸傾聽。於是「得得——得得——得得得」。奇怪！我心裡狐疑著，我又拿著手電筒貼著方格的紙上朝外照。忽然，我聽見嗚咽的人聲，接著這嗚咽就變成低泣，我聽得出這是女人的聲音，我越來越奇怪起來，難道我碰到了聊齋志異的故事？我疑心是做夢，我用手電筒照照我自己的手，又敲敲我自己的手指，覺得都很現實。忽然，敲窗的聲音又起，「得得得，得得得」，接著哭泣聲又明晰起來。突然，不知是我的靈感還是我的耳朵，使我想到：這會不會是先晟在啜泣？我再細聽，它不響了，我靜等著，隔了許久，我聽到一聲輕輕的嘆息，接著又是壓抑著的啜泣聲。這次，我可聽得非常清楚，覺得這一定是先晟的聲音無疑，但是先晟為什麼哭呢？我想叫她，又怕她不喜歡別人知道，又怕驚醒別人。難道她因為喜歡睡樓上而睡了樓下所以不高興了，還是她睡前同存美有什麼不開心？我一時一心關念著她，敲窗的聲音同房內的鼾聲我都已不注意了，可是這時候，我又聽到三四聲急速的較響的敲窗。隔了不久，我就聽到隔房推移門隔的聲音，於是我看見廊中有手電筒一亮，我想這一定是先晟出去了。我半身坐起，傾聽著，注視著，想著，——難道敲窗的是先晟的情人嗎？這麼晚，在這樣高的山上。奇怪！會不會是王達文？笑話，他又何必這樣晚來敲窗？他們難道以前認識的？其中有什麼蹊蹺的故事？——鬼？敲窗的是鬼？難道先晟也是鬼？……

我越想越糊塗，忽然又是三下敲窗的聲音，很輕。這倒提醒了我——也許先晟到小間去了？是我自己在鬧鬼！——但是哭泣，這總是清清楚楚的。我吸一支煙，坐在榻榻米上。我想假如吸完這支煙先晟還不回來，我一定要出去看看了。這個心思一浮心頭，我沒有等半枝煙燒盡就穿上了衣服，襪子，春大衣，和服。於是我懷起手電筒，輕輕拉開門走了出去，我又把隔門拉上，走出走廊，我穿上鞋子，我趕到大門，大門虛掩著，我跨出門外，仍舊照舊拉上。

我走到上下分岔處立了一會，用手電筒照了一照，馬上就看到先晟在下坡路上，先晟看有人開電筒照她，她也就用手電筒向我照來，這像是兩只船的燈語，她站住了。我就走過去，她態度很安詳，並沒有怪我跟她，她說：

「那麼，你也聽見？」

「自然。」我說：「這到底是什麼？」

「奇怪！」她說著面對對山的森林望著。

「奇怪！」

她不響了。我用手電筒照我們的旅舍，我發現原來我們的玻璃窗是路上看得見的，只是隔著一個深澗，我於是走回來到了我們走廊玻璃窗的前面，我用手電筒照過去。我恍然大悟，原來玻璃窗外面正是澗岸長上來的樹枝，它被風吹動得打著我們的窗戶。這個發現使我高興的去報告先晟，那時她已經又走下去一些，站在一塊大石前面遙望著，我跟著過去，說：

「先晟，原來是樹枝，被風吹著，所以打到了窗戶。」

「你聽！你聽！」先晟不但沒有聽我的話，似乎反怪我在說話了。

我傾聽著一回。我說：

「風。」

「你聽！你聽！」

「這許多樹，遇到風，自然……。」

「你聽！」

我還是只聽兒風聲。我不響。

「你沒有聽見『哀呀！愛呀！』的呼聲麼？」她說：「這就是百靈樹的呼聲。」

經她一說，我似乎在這風聲中聽到「哀呀！愛呀！」

我點點頭。

她忽然坐在那身前的大石上哭了。

「先晟，怎麼啦？」

她直哭。

「怎麼啦，先晟？」我不知怎麼安慰她好，我說：「回去吧！」

她拿出手絹按著臉直哭。

「到底怎麼回事？」我說：「你如果相信我，請你告訴我，我盡我能力為你想辦法。」

她似乎在聽我的話了，平靜了一點，我於是接著說下去：

「如果先萌可以為你想辦法或者解決的，你自己不能說，我同他說。你知道我同他是十多年的老朋友，什麼話都談的。」

她已經平靜許多，我又說：

「這裡沒有別人，如果你要我守祕密，我可以發誓，決不告訴別人。每個人都有傷心事，傷心事如果有一個朋友可以告訴，說出了即使沒有幫助，也一定可以寬舒許多，一個人直哭有什麼用？當我是你這樣的朋友，你告訴我。」

她不響，但突然抬起頭來，張開含著淚珠的眼睛，害怕地說：

「你聽，你聽！」聽了一回，忽然變了窒息的低微的聲音說：「這是百靈樹傳給我愛人的呼聲。」

「你愛人？」我問：「他在哪裡？」

「在九江，」她說：「說起來太長了。」

「不要緊。」我說著坐在她的旁邊，又說：「你講，你講。我也許可以幫你忙，假如你需要，我反正沒有事，為你到九江跑一趟也不要緊。」

於是她擦乾了眼淚，看我一眼，低下頭，兩手扭弄著已溼的小手帕，用低沉、乾燥的聲音對我講出她與她愛人的際遇。

「我們是中學裡的同學，他比我高三班，他父親也同我父親認識的，我們做朋友，兩方面的家裡都沒有反對……」

「那麼應當很幸福了。」我說。但是她沒有理我，換一口氣接下去說：

「我們相愛還是從他在學校最後半年開始的，我也只有半年初中可以畢業了。那時候我就有點肺病，但是並不厲害，我怕他知道了不愛我，所以也沒有告訴他。他想畢業後到北平去考大學，我呢，有舅舅舅母在北平，他們很喜歡我，常常叫我跟他們，到北平去讀書的，所以我如果要到北平去讀書，我家裡也不會反對。因此我們計畫著暑假大家畢業了到北平去讀書。但是我因為身體不好，常常告假，所以功課不很好，這次我很怕畢不了業。如果不畢業，丟臉不說，我第一怕他看不起我，第二怕家裡因此不答應我到北平去讀書，所以我特別用功起來。那裡曉得，等畢業考試考好，我馬上吐血，發熱，醫生說是病發了，至少要在醫院裡住半年，於是我就進了醫院。我的心可非常難過，一切同他到北平去的夢想都碎了，我拿到初中畢業文憑時反而在床上大哭，家裡弄得沒有辦法。後來他來了。他說他決定等我半年或者一年，等我病好了一同到北平去。我就說這怎麼可以，九江又沒有正式的大學，怎麼可為我而放棄升學呢？他說他晚一年讀大學不要緊的。他現在已經接洽好一個小學校，可以去教書。他家裡當然反對他這個計畫；我的父親也不贊成他這樣，覺得他儘管可以先去讀大學，我病好了晚一年去也不要緊。兩方很年輕，何必一定這樣怕分離。但是我母親很感激他，因為他是完全為安慰我為愛我的緣故。我母親知道，如果他走了，我一定會很不開心，對病體也一定很不好。

「這樣他就待了下來，在小學裡教書，但是一下課就跑到醫院來，要改的課本就常常到醫院來改，他身體很健康，運動也跟好，從來不生病，所以他什麼嫌疑都不避……！」

先晟說到這裡又哭起來，忽然說：

「那時候我也糊塗，我怎麼可以讓他一直吻我！」歇了好一回，她又接著說：

「半年以後，我照了一張x光，居然創口都結好了。但是他忽然病倒，那是我傳染給他的，奇怪，竟變成了急性，一病倒就是高熱，每天吐血，不到兩個月，他瘦得不成樣子。

「忽然，我父親因為職業上的變動，要全家搬到北平去了，你想我怎麼辦？我同他還沒有結婚，一個女孩子，沒有理由可以單獨待在九江陪愛人。我同母親再三商量，她說這沒有辦法。人總自私的，連我這麼好的母親也是。她說的話同當初他的父母說的話一樣，說我到北平進學校，一樣可以等他。他病好了就可以到北平去讀書。為這事情我難過了許久。你想他為我不升學，去教書；從我的地方傳染到病，而我竟……唉！」她說著又哭起來，歇了一回望望陰暗的天空又說：

「但是他是偉大的，他一點不自私，他勸我不要難過，勸我走，說他就會好的，只要我一星期寫兩封信給他。」先晟說到這裡又停止了，用手帕擦眼睛，於是看我一眼，又說：

「而事實上他自己是不可以寫信的。在我沒有辦法只好這樣決定的時候，我就托醫院裡的看護，她們同我很要好，我托她們替他寫信給我，不要讓他自己寫信。

「在我什麼都預備好，動身的前一天我去同他告別的時候，那一天，天是陰雨朦朧，我哭得很厲害，他一直微笑著勸我，可是……」先晟忽然不說下去，她背轉上身望著山巒傾聽了一會，急速地說：

「你聽，你聽！」於是又停頓了，半晌，她用帶哭的聲音說：「我跨出他的病房，護士剛關上門，我就聽到他發出這樣的聲音：哀呀！愛呀！我想再回轉去看看，但是母親等在外面，她接著我，就拉我走了。」

「這一別就是五年。」

「他一直就在九江醫院裡？」我問。

先晟點點頭。

「你常接到他信？」

「護士們寫的，他有時候也寫一、二個字。」先晟說：「抗戰勝利了，我高中畢業，我不想進大學，我想進大學也等他一同進，我就到銀行裡做助理員。一年以後，我升了正式行員。但是我的父親死了，一點積蓄因為通貨膨脹逐漸變得很少。本來我想辭職回去看他去，但是現在職業變得很重要，我不能放棄。不久以前，被派到這裡來……。」

「哀呀！愛呀！」我忽然也聽到山巒中有這樣的呼聲了。這聲音悽而深沉，哀而焦急，悲切而衰頹，我不禁打了一個寒噤，半晌半晌我沒有話說，她也不響。

「我想他就會好的。」

「我也這樣想，」她說：「但是今夜我聽見這樣的聲音，我害怕了，我竟想到可怕的預兆。」

「你不是不迷信的麼？」我勸慰她說：「這完全是你心理作用，實際上我聽到的（我撒謊了）是好了，好了。」

「好了，好了？」她忽然張大了眼睛望著我說：「你說什麼？」

「我說他病好了。」我不安地說。

「是的，我對不起他，對不起他。」她又哭了起來。

忽然我想到這個過敏的小姐因我的「好了，好了」而想到了紅樓夢裡黛玉的哀呼了。我內心非常疚歉不安，我不敢再說什麼。

隔了許久許久，我勸她說：

「回去睡吧，回頭他們醒了，以為我們……」我怕我又說錯了話，所以沒有說下去。

但是她已經明瞭，大概她也以為我的顧忌是對的，所以就聽憑我扶她起來。我開亮手電燈，就伴同她走回旅店。

我們關好大門，走進走廊脫去鞋子，這一瞬間我突然感到一種怕人發覺的心理，我不知道她有沒有，但至少她這時已不注意外面的哀呼，非常謹慎的偷偷摸摸回到她房間去。

我回到房內，雖然王先生的鼾聲更重，先萌的呼嚕未滅，但是我有一種說不出的睡意，我就更快的睡著了。

一覺醒來，大家都已起來。王先生說我太能睡，他於四點鐘醒來，本想叫醒我們去看日出，但到外面看看天氣不好，濁雲重重，所以沒有叫我們，回來再睡，但是怎麼也睡不著了。

早點仍是在樓上走廊裡吃的，先晟最晚上來，我說：

「你睡得很好？」

「謝謝你。」她有很平靜的笑容，但我知道她心裡還是不平靜的。

早飯後，由王先生的朋友領導，帶我們游歷，看了不少名勝，古蹟，廟宇，木場。天已經晴了，但忽陰忽開，時暗時亮；我們在各處都留了照相，獨獨先晟不願參加，聶太太與厲太太時時挽她同照，而她用很婉轉的話來推辭，先萌夫婦當然知道她的脾氣，有時也為她解圍。這是我始終不了解的。

在路上，大家都很熱鬧，王先生、厲太太都是很有風趣的人，聶太太是個永遠愁自己身體不好的太太，不時拿藥片塞在嘴裡。昨天上山後，她們累了，現在經過許多時候的休息，所以都有精力說笑話。先萌是對於新奇事物都有興趣的人，看每樣古蹟都想到歷史，存美在先萌旁邊則總是快樂的，史先生不斷的同我們講一點掌故，指點我們注意特別的事物，告訴我們一株樹的高度，一個廟宇的年齡。獨獨先晟她始終沒有自動的說一句話，沒有參加我們笑一聲。她對一切都沒有好奇，沒有興趣。她只是低著頭跟著我們，王達文時時同她走在一起，似乎很想找機會同她說幾句話，而無法找到。正巧她忽然脫下雨衣，王達文就伸手替她去拿，她很大方交給他就說聲謝謝，以後她就不再說什麼了。

我手裡仍舊拿著昨天她送我的百靈樹枝，我現在更加珍貴它了，這樣的樹，沿路很多，我也就折了一枝送給她，我說：

「我也送你一枝。」

她接了笑一笑，沒有說什麼就拿在手裡了。

我們走了大概兩個鐘頭，就到車站搭汽油車下山。路上還是很熱鬧有趣，但先晟坐在角落裡，只是凝視著遙遠的山巒森林。是不是現在還有這哀呼呢？我忽然想到。

於是我集中心力傾聽許久。沒有，的確沒有，只有我們所坐的汽油車在軌道上疾駛著的聲音。它用三倍快於上山時的速度，掠過了無數的山巒，森林，衝開了薄雲濃霧，穿過了一個山洞又一個山洞。

我們於下午二時到嘉義。太太們在旅館休息，王達文到臺中去接洽學校，王先生同史先生去處理工廠的事務，只有我與先萌兩個人，在嘉義市上晃蕩了一陣。我很想把先晟的事情同先萌談談，但街市上不宜於談話，就沒有提起。先晟呢？她沒有睡覺，也沒有跟我們走，她一個人在寫信，這是存美後來告訴我的。

一切是照計畫，王先生已為我們買來了臥鋪，夜車是十點鐘開，我們吃了夜飯上車正合適。為求火車上可以睡得好一點，我勸大家稍微喝點酒，座中我知道王先生是能喝的。先萌喝不多，我更不會喝。太太們都只能喝三杯，可是奇怪，先晟竟與王先生頡頏。先晟一天沒有說話，這時同王先生竟很熱鬧的喝起酒來。王達文已去臺中，否則他一定會很高興的來參加了，我想。

最後，先晟有點醉意，她還是想多喝。王先生雖很有興趣，但到底是有經驗的，他看先晟不能再喝，極力想阻止她。我與先萌也湊上來勸阻，王先生把壺內一些剩酒，就分給大家來把它飲盡。

但是先晟已經醉了。她似乎為先萌不讓她多喝而生氣了，一聲不響坐在那裡，突然眼角浮出了晶亮的淚珠。存美與我扶她睡到沙發上，我們草草用飯，飯後就上車了。

這酒是有效的，因為這一夜，至少我睡得很熟，只醒了兩次，都在火車停站的時候，當時我會細看先晟的動靜，她似乎也睡得很安詳。

早晨到臺北，我們一出車站就分手了。上午我洗了一個澡，又睡了一會，醒來我很關念先晟，想同先萌夫婦去談一談，當然我不想告訴他們昨夜的經過，但關於她的愛人，關於她的心境，似乎應當有一種辦法才好。但是飯後，就有朋友來找我，約我去看另外一個朋友。那個朋友要我介紹一個臺灣大學在教書的朋友，他想到臺灣大學圖書館找一些關於臺灣鳥類一類的書。飛禽是那個朋友唯一的興趣，他到什麼地方都想找出那地方特別的飛禽，我同情他和同情先晟一樣，自然就陪他去了。這一去，一天就完了。

第二天恰巧是星期日，我想先晟是不用去辦公的，很早我就趕到先萌的家裡。如果先晟在他們二哥那兒，那我同先萌談一回後，也可以同他到他二哥那面去訪她。

先萌的家裡，門洞開著，我進去就走到他們的客廳去。

客廳裡竟坐滿了人，有的碰見過的，有的我不認識。他們的二哥與他太太都在，存美同許多上年紀的女太太坐在一起。大家都在流淚，空氣非常嚴重，沒有人在說話。我弄得不知所措，看看座中沒有先萌、先晟，我就走到外面，我在走廊上碰見了先萌。

「怎麼回事？」我低聲的問。

「昨天一回家，她就接到電報了。」先萌以為我從客廳裡出來，一定已經知道了許多了，所以他憑空告訴我電報。

「什麼電報？」

「她們打給先晟的。」

「什麼事。」

「她的愛人死了。」

「死了？」我說：「終於死了！那麼先晟呢？她在房裡麼？」

「自殺了！」

「自殺了？」

「真是想不到。」先萌說：「先晟接到電報，我幫她翻譯。她看了以後，並沒有號哭，一個人在沙發上，面上露著痙攣。我想同她談談，勸勸她，但是她不理我。不一回，她回到自己房裡去。大概隔了半小時，她又走出來，手裡拿著絨線不斷的打。那時我已經把電報告訴了存美，存美當然也想來勸勸她，但是她一句話也沒有說，只是打絨線。到快吃飯的時候，她忽然站起來說：

「唉！好容易打好了。」

「飯後，她說在到銀行裡去一趟，我們知道她平常脾氣古怪，所以也不敢去管她。她到晚上七點回來，吃了飯，一個人在樓上，我們叫佣人去探看她，說她在寫信。九點半的時候，她到廚房去，將一包信燒了。佣人說她一邊燒信，一邊還同她談話，態度很愉快。接著她問佣人要熱水洗澡。她洗完澡，我們都睡了。今天早晨，佣人進去，發現面色不對，就來叫我。我馬上打電話請醫生來，醫生說她死了至少有三個鐘頭。」

「那麼是吃什麼藥死的？」我問。

「我們在她房內尋不出毒藥的瓶子，後來在浴室裡才找到是三隻安眠藥丸的空瓶，她大概統統吃了。」

「她有遺書沒有？」

「很簡單，除了謝謝我們以外，只說她的一點首飾同美鈔，叫我們轉給她弟弟。」

「她還有弟弟？」

「兩個弟弟。」先萌告訴我：「都在北平。」

「做事？」

「都在讀書。」

這時候，外面來了幾位年輕男女，我都不認識。他們同先萌招呼後，我知道都是先晟的同事，大家都來問這件事。先萌請大家廊前坐下，我也就坐在一起。我在這談話中，知道先晟的確於昨天下午到行裡去了。其中一位女的，說先晟還把一件打好的絨線衫包紮好了，叫工友到郵局去寄。她等工友回來了，一直到下班才走。銀行假期到前天為止，她就請了明天上午的假，有說有笑的同同事們談阿里山的風光，一點也看不出她懷了什麼心。我從他們談話中還知道這安眠藥是一個藥商的朋友的存貨，那存貨就是托先晟同還有幾個朋友代為售脫，所以幾箱子藥品，都放在行裡。她們奇怪的是這藥品箱子放在一起，並不容易拿，箱子裡有許多維他命丸，她怎麼會沒有拿錯？……

先萌告訴她們先晟已經在火葬。

「火葬？」我問。

「是的。」先萌說：「這裡特別有佛教火葬的地方。」他又告訴她們：

「明天在護龍街護龍禪寺中有簡單的佛教的儀式。」

第二天，我到護龍街護龍禪寺，先萌陪我到後面寄存骨灰的小殿。殿裡有一列香案。香案上是燭臺，香爐，插著紙花的花瓶，以及一列小杯的清茶。四周裝著木架，分成許許多多一小格一小格，架上都是小小黃色陶器的瓶子，瓶子上面都貼著紅紙字條。先萌帶我到一個瓶子的面前指給我看，我看到了「亡妹先晟之……」。我眼睛已經模糊，我看到的已不是黃色的陶瓶，而是一個額角豐滿，下顎尖削，配著端正的鼻子，大大的眼睛，清秀的眉毛的面孔。我凝視許久，我從懷裡拿出她送我的百靈樹的樹枝，插到插著紙花的花瓶裡去。那樹枝已經枯萎許多，但葉子仍多在枝上，我在那些葉子背後寫著這樣的字：

「哀呀！愛呀！只有在最悲哀的心境中，我們看到了並且證明了偉大的愛；也只有在最愛的境界中，我們體驗到真正的悲哀。」

初秋

窗外淅瀝淅瀝又下起雨來。

飯廳裡的鐘已經八點，女僕第三次進來問：

「老爺開飯麼？」

李偉樂先生手裡拿著晚報，在沙發上，眼睛落在一個舞場的廣告上，不響。

「我們先吃吧？」李太太帶詢問偉樂的口氣在吩咐女僕。

「曉光怎麼還不回來？」

「我想他同朋友去玩了，也許就在朋友家吃飯了。」她說，眼睛望望旁邊的女僕：「開飯吧。」

「聽說這孩子，近來時常去跳舞。」

「孩子大了，假期裡同女朋友們跳跳舞也沒有什麼？我們哪裡管得這許多。」李太太拿一雙新的繡花拖鞋給李先生，說：「今天怎麼啦，你也不想換鞋？」

李先生抛開晚報，他換上了拖鞋。新的，他看了一下，知道這是太太的習慣，每到暑天完了，要他放棄那皮拖鞋。他沒有說什麼，站起來看到牆上的鏡子，鏡子裡是他自己，一個不很魁偉的身軀，架著微胖的面孔，他挺一挺近來正在外凸的肚子，用手掠掠頭髮，很厚，沒有一點灰白。他露出一點笑容，回過頭來看他的太太。

她已經向飯廳方面走。他只看到一個背影，又矮又小，他拖著拖鞋跟出去了。飯桌上已經放好五碟菜，一瓶啤酒。李太太似乎去向僕人招呼什麼，他就坐下開啤酒，這是他唯一的嗜好，也是他唯一的娛樂。

李偉樂先生是一個很標準的丈夫，也是一個很標準的父親。他今年四十八歲，在銀行裡已經做了三十年的事情，現在是一個銀行的經理。他生在上海，活在上海，長大在上海。他父親早已過世，他赤手空拳，除了銀行的職務步步高升外，做做生意。因為體力強，人勤快小心，年年有積蓄，最近兩年來，已經很過得去。他很早就自己開一輛舊汽車，前年換了一輛比較新的，仍舊自己開。他一生沒有浪費過金錢，每天除一年三四次的應酬外，他天天一下辦公室就回家，就是喝一點酒。他對他孩子有說不出的喜歡，過去他總愛在回家的途中買一件小小的玩意博得孩子的笑容，有時候還勉強著太太與孩子陪他喝幾杯酒。看他們一天天長大，——小學，中學，大學。他自己沒有讀大學，在銀行裡說起資格來總差一點，所以他要孩子讀大學。但是大孩子大學畢業了偏要去留學，他費了很大的精神反對這件事，後來終於挽不過兒子的意志，讓他去了。現在，這第二個兒子曉光，在大學三年級讀書，本來很安份守己，自去年起忽然變了，常常不回家吃飯。近來曉光甚至到半夜才回來，那時做父親的已經睡了，等他早晨起來，父親已經到銀行去，父子就此一天不能見面。這引起李先生感到很寂寞。他發現了人生的空虛，兒子養大了，都自己飛了，家裡再沒有一點生氣。

「你怎麼還不來吃飯？」他叫他太太。窗外的雨聲，似乎非常影響他的精神，他比平常還需要伴侶。

「你先吃好了。」李太大的聲音來了，但是人還是不來。

李偉樂一個人又喝一杯酒，李太太還是不來。於是李先生又叫了一次，這一次叫得很巧，李太太接著就進來了，她說：

「你要吃鯽魚，她們不會燒，所以我去……」

「隨便她們怎麼燒好了。」李先生打斷他太太的話，抬起頭來，正當李太太在他對面坐下去。他初見李太太，還是在她八九歲的時候，隨她母親到他家裡來看他。看她長成嬌小玲瓏的少女，那時候他家裡替他定親，他心裡是多麼快活。於是他結婚了。看她肚子大起來，大起來，出來一個孩子。又看它大起來，大起來，又生一個孩子。那時候他還是一個銀行職員，家裡只有一個佣人，許多事情，都靠李太太操作。有許多時候，當佣人青黃不接的當兒，李太太常常自己燒飯，洗衣服。不用說兩個孩子都是她親自餵大的，夜裡常常還要替孩子做衣服。日子在這樣生活中消磨，手糙了，腰粗了，應當圓的垂下了，應當平的皺起來。偶而出去，穿上一件新鮮衣服，反沒有家常的衣服來得自然。但是在李先生的眼中，她是太太，太太是不變的，一切的美，她已經傳給孩子，圓滑的小腿，玲瓏的酒窩，活潑的動作，他見於曉明，又見於曉光。但今天，不知怎麼，當他抬頭的一回兒，他忽然發現他太太老了，老而醜。他忽然記起剛才鏡子裡他自己，他感到曉光應當是一個女兒才好，女兒才能了解父親的寂寞，而兒子，兒子竟不能了解母親的犧牲。

「你似乎應當同曉光談談，他近來生活太不像樣。」李偉樂忽然把杯子放下，很嚴肅地說：「我已經三天不碰見他，每天這樣晚回來。」

「兒子大了，我們管得了這許多？他已經到了這個年齡。這個年齡，誰家的孩子在這個年齡不在談戀愛，你在外面，怎麼腦子比我還舊？」

「他在談戀愛，真的？他告訴過你？」

「他自然不會明說，但是看他樣子，」李太太說：「我倒希望這個時期快點過去，早點成功，早點結婚。也省得他大學畢業了又要去外國。家裡人太少，太冷靜。」

李先生聽到這裡，驟然發現他太太的美麗聰敏。家裡多一個美麗年輕的女孩子，在一個桌子上吃飯，一同喝一杯啤酒，這是多麼富於溫情，像一個精緻的檯燈，在桌上發出媚人的光，像一瓶美麗的鮮花，在桌上發出醉人的香味。家裡需要年輕的女人，需要孩子，正如天地間需要聲，需要色。李先生並沒有這些思致，但是直覺上他感到這個。那麼現在飯桌上少一個活潑的青年，正是將來多一個美麗的少女的前奏。他看到這點，於是樂觀許多，似乎他找到了人生空虛的充實。

「有女朋友，那當然沒有什麼不好。」李先生的語氣變成很輕鬆，嘴角露出笑容，頭腦似乎也開通起來。他說：「那麼為什麼不帶她到家裡來？一同吃吃飯，我們也可以知道她的人品。」

「自然還沒有到時候。」在李太太乾瘦的面孔上，嘴角擠出了笑紋：「我早就暗示他了。他雖然二十二歲，但還是小孩子氣。」

「而且整天在外面玩，也太花錢，是不？」李先生似乎沒有理會李太太的話，他再補充自己的理由。

「花錢，釣一條魚也得用饅頭，何況是一個人。」李太太出身不富，所以平常總是很慷慨。她嘴角掛起笑紋，拿筷子去吃鯽魚。

於是夜晚很平靜愉快的過去。

以後的日子，李先生也比較忍耐，不再每天嘮叨曉光不回來。他似乎已經在飯桌上看見到曉光同他年輕美麗的太太坐在他的左右，親熱地叫他「爸爸」了。但是事實竟是這樣的慢，他有時候不免探問李太太，曉光到底什麼時候可以訂婚結婚。他開始在順便的時候，注意櫥窗裡的東西，他看到什麼合式於曉光新房用的就想買，什麼可以給新娘子點綴的就想要，但是他並沒有去買，他只是記在心裡。一直到有一天，有個同事為自己孩子的訂婚在買鑽戒，他也很高興的買了一隻，他對於鑽石並不十分愛好，但他今天忽然對於所買的那隻鑽戒看了又看，覺得越看越喜歡。他忽然後悔是過去不曾在太太尚年輕時候買一隻給太太，為補償他這一份後悔，也為拿回去的時候一種掩飾，他又買了一隻比較便宜的。他帶了兩隻戒指回到家去。

「曉光今天回來吃飯麼？」

「誰知道他。」李太太說：「這兩天我看他神魂很不安。」

「其實先訂訂婚也好。」李先生說：「啊，我今天買了兩隻鑽戒，我想一隻可以給曉光訂婚用。」

他說得很平淡，把鑽戒從懷裡拿出來。

李太太把兩隻鑽戒的匣子接過來，她打開一隻，又打開一隻。

「一隻你可以戴。」

李太太乾瘦的臉上掛起笑紋。她把那隻較貴的鑽戒戴在手指上，把乾枯的手撐得像折扇一樣，還遠遠地望著，眼睛閃出鑽石一樣的光芒。

「其實覺得還是那一隻好。」李先生說這句話的意思，是希望李太太稍稍注意那比較便宜的一隻，但是李太太並不，她把兩隻戒指收起。她說：

「曉光大概不回來了。」她走到寫字檯拿起桌上一封信又說：「曉光的學校八號註冊。」

「八號。」李先生說著看看牆上的日曆，日曆上是一幅低級的月份牌，一個女人伸著兩條肥胖的腿，躺在那裡，他凝神看了一回，又說：「啊，還有四天，他自己一點也不把讀書放在心上。」

是九月初的天氣，正是一陣雨一陣涼的當兒。這幾天時雨時歇，天氣熱一陣冷一陣；李先生那時剛剛脫去外衣換上拖鞋，忽然窗簾一飄，一陣風吹來，接著雨聲蕭蕭。

李太太關窗，嘴裡說：

「啊，又下雨了。」

李先生也站起，他披上一件晨衣。

「曉光今天還穿著他夏天衣裳出去的。」李太太說：「也沒有帶雨衣。」

「這麼大孩子，你還管他這些。」李先生說著開開電燈，房間總算亮一點，但李太太矮小的身軀更顯得乾瘦。

李先生開始看鏡子裡的自己。

兩個人都沒有話說，空氣非常寂寞。

忽然房門開了，很重，進來了曉光。

曉光一進門，房內的空氣就兩樣。

「你淋溼了麼？」李太太問。

「沒有，我坐三輪車回來的。」曉光說話的聲音今天稍稍不同。他跑到鏡子面前，看了看自己的衣裝，用手摸摸左偏的高聳起來的頭髮。照例，他一面要哼幾句流行的英文歌，但是今天竟沒有。

「學校八號註冊，你知道了麼？」李先生先開口了。

「爸爸，我正想同你商量，我想讀書也沒有用……」

「那麼你想幹什麼？」李先生沒有思索就打斷了他的話。

「我想我還是自己做生意好。」

「做生意也不忙啊，你商科畢業了，做什麼生意都隨你便。」

「學校裡的功課都沒有用。」曉光說；「我覺得做生意是靠經驗。」

「但是學問的基礎還是重要的。」李先生嚴肅地說。

「但是爸爸沒有讀什麼大學，我看都比大學出來的人強。」

「你知道什麼，我在銀行裡因為缺少這個資格，所以很吃虧。」

「但是爸爸並不靠銀行的收入，靠這點收入我們還不餓死？」

「既然你可以不餓死，那麼也不忙去賺錢。」李先生說：「聽說你現在有女朋友了，大學畢業，也是結婚上一個便利。」

「曉光，你爸爸很希望你先訂婚，他已經為你買了一隻鑽戒。」李太太插嘴進來說；接著就從寫字檯抽屜裡拿出一隻匣子，李先生一看就知道是較便宜的一隻。

李曉光從他母親手上接過來，打開一看隨隨便便關上了，擺出很看輕的樣子，交還他母親。

李太太愣了一回，她把那盒子放回寫字檯抽屜裡，又拿出另外一隻。

「還有一隻，兩隻隨便你挑。」李太太一面遞過去，一面說。

李曉光接過來，打開一看，他露出輕視的眼光說：

「一克拉都不到吧？」

李先生心裡很不高興，但沒有發作。他冷靜地望著曉光，李太太看出這個局面很僵，想找一句話說，也找不出來。曉光忽然低下頭，頹傷似的說：

「她戴在手上的至少都是三克拉的。」

曉光的態度從傲慢變成頹傷，很引起兩老的同情。

李先生馬上意識到兒子已經交識了一個闊小姐。在他的人生經驗中，時時想到有才能的男子應該娶到一個有錢的小姐，所以他心裡欣然一動，可是表面還是還很莊嚴，冷靜地像商業上的交談似的說：

「你要真是訂婚，再去買一隻大一點也沒有什麼。但是你讀書還是要讀書。」

「就是你要結婚也沒有什麼，結了婚也還可以讀書，是不？」李太太知道李先生平常的主張，補充著說。

「但是我結了婚，要單獨成家。」

「你是說要分居？」李先生這可動感情了，但馬上恢復了冷靜：「你單獨成家，你養得起嗎？」

「所以我說我要做生意。」

「笑話，笑話！」李先生改變一種態度說：「賺錢那麼容易？」

李太太是女人，知道這一定是女人的主張，也許那位小姐的家裡有廠有店，賞識自己英俊的兒子，要給他一個經理或副經理的位子，讓他發揮商業天才。所以把話轉到了曉光的對象。她說：

「那個小姐姓什麼，她家裡怎樣?她家裡……在上海嗎？」
曉光沒有回答，沉思了一下，突然振作起來說：
「媽，你不要奇怪，她是，她是，她是一個舞女。」
「一個舞女？」李太太可嚇壞了。
「舞女，一個舞女，你要同他結婚。」李先生也大大吃驚。
「爸，但是她雖是一個舞女，我愛她，她也真愛我。你看我同她來往幾個月，她一點也不要我花錢。」
「舞女，舞女有什麼愛情？」
「爸爸，你覺得一個純潔得連男人都沒有看見過的女孩子，一旦見了一個男人就發生了愛情，同一個天天同男子接觸的女人，她獨獨愛了其中的一個，那兩種愛情哪一種是比較真切與寶貴呢？」
這問句似乎接觸了愛情的哲學問題，李先生對此從來沒有思索過，所以他沒有回答，他只是裝著沒有聽見，冷靜而感慨似的說：
「舞女……愛情！」
恰巧女佣來叫吃飯，空氣轉變一下。
李先生不響，站起來，他似乎很有把握的要在飯桌上把這個問題解決，像許多不能解決的商業上問題，常常在飯桌上解決了一樣。

李先生走出房間，曉光也跟著出來，李太太走在後面。走出房間是走廊，樓梯就在走廊裡。李先生一直往飯廳走，頭也沒有回，但是曉光直往樓梯走。

「媽，我先睡去啦。」

「吃飯？」

「我吃過點心，吃得很飽。」曉光已經在樓梯上了。

「有什麼不舒服嗎？」李太太抬著頭問。

「頭痛。」曉光又走上幾步。

李先生回頭看了一下，就走進飯廳，李太太躊躇一下也走進飯廳。

「這孩子……」李太太說了半句。

外面的雨越下越大，氣窗裡風吹來都是秋意。飯桌上的空氣很寥落，李先生開開啤酒，自斟自酌，沒有說一句話，半晌，他忽然說：

「明天要是這樣涼快，我還是改吃黃酒吧。」

「你冷麼？」李太太很關切的問。

又是半晌，李先生忽然興奮似的說：

「這舞女叫什麼？」

「他沒有告訴我過。」

李太太愣一下，她覺得這問句很突兀。

「你回頭問他叫什麼？在什麼地方做？我倒要看看是什麼樣一個人。」

「我想舞女也有好的。這裡十八號住的聽說以前也是舞女，倒很儉樸刻苦。」

「舞女總是舞女。」李先生說：「好的不會喜歡這種青年小伙子。」

「難道喜歡老頭子的才是好舞女。」

「她如果真規規矩矩來求一個歸宿，自然要嫁給一個年紀大一點的人。否則她就是沒有誠意真心想嫁人。」

「不知道那個舞女幾歲了？」

「是的，這個你也要問清楚。」

……

飯後，李先生到自己的寢室裡，等待李太太的消息。他來回的踱著，又站到窗口探望窗外灰色的雨景。窗外就是馬路，洋梧桐葉子倒垂著，雨打在上面颯颯作響，馬路上反射的燈光，在雨中浮起發亮的泡沫，有車子走過，聲音是一種黏性的磨擦，很不好聽。

他用力拉攏窗簾，又開亮床邊的檯燈，躺倒床上。

但是李太太還沒有回來。

他忽然想到雪茄煙，想到一匣別人送他放在抽屜裡的雪茄煙。他平常抽紙煙，但並不多，雪茄煙更是在偶然的需要時才抽一支。現在似乎又有這偶然的需要，不，與其說需要，不如說只是想到。他從床上起來開開抽屜，拿出一匣雪茄煙，打開了拿出一支，開始放在嘴裡，嚼了一嚼，點燃起來。

但在他坐在沙發上，還沒有吐出第一口煙時，李太太進來了，枯瘦的臉上掛著笑容。

李先生從他太太的笑容上知道太太已經知道了他想知道的問題，他很鎮靜，沒有急於問李太太的結果。他吸了一口雪茄煙，很安詳地隨著慢慢吐出來的煙霧說：

「今天好像很冷，要換一條厚一點的被鋪吧？」

李太太沒有回答，打開櫥門拿出一條桃紅色的棉被放在床上，她說：

「天涼得真快。」

李先生已經在寬衣，他走到浴室裡去了一會，出來的時候李太太正在理櫃子裡的衣服。

「怎麼？你還不睡？」

「你先睡好啦，我還待一回。」

「那幹什麼？」

「家裡的事，你不知道。」李太太說：「明天一定冷，你也該換一件衣服。」她說著從櫃子裡拿出一套灰色西裝，又說：「那麼皺，還要燙一燙。」

「忙什麼，明天也不一定要穿。」

「你先睡好啦，我還有事；佣人還等著我去想小菜。」李太太說：「小菜越來越貴，每天想不出什麼菜，你明天想吃些什麼？」

「有什麼就吃什麼好啦。」

「你不會想只會吃，菜不好你又要吃不下飯。」李太太說著就出去了。

房間裡空氣驟然冷寂下來，窗外的雨聲似乎更響。李先生感到冷，也感到寂寞。他開亮了床邊的檯燈，關了房燈。桌上有一本書，他隨手牽來，倒在床上隨便閱讀起來。

那是一本坊間的廉價小書，想是他太太在看的，題目是：《怎樣做賢妻良母》，翻開的地方正是談家庭食物的重要。他隨便讀了幾章，翻身就睡著了。

早晨醒的時候，李太太已經起來，她又在理櫃子。李先生問：

「昨天你有沒有問曉光……？」

「啊，我正要告訴你，那個舞女叫史玲玲，才十九歲，在仙宮做茶舞。」李太太說：「聽他說她實在不是一個壞女人。」

「今天我想去找她一趟。」

「找那個舞女？」

「我要看一看，她是不是可以做……」他正說不出的時候，忽然摸到枕邊的書，他說：「做一個賢妻良母。」

「你可不要有成見。」李太太說：「不要讓她覺得你看不起她。」

「自然，自然。」

……

李先生並不跳舞，但也曾經應朋友們之邀，在舞場裡吃飯。他的跳舞的朋友也曾招舞女來坐檯子。他不敢說不喜歡女人打扮得花花綠綠的坐在旁邊，談些沒有輕重的話，但是逢場作戲，出了舞場的門就想到正經事，從沒有一個人去看一個舞女過。但是今天他要一個人以長輩的資格去找史玲玲。這在他雖是初次，但他知道他自己的身分，像一切生意事情一樣，冷靜公正莊嚴地應付，事情總是可以順利解決。他對事都有自信心，所以對於曉光昨夜的談話與態度也並不擔憂，他知道他可以使自己的兒子覺悟；對於今天與史玲玲見面，他似乎更有把握，他準備用錢叫史玲玲不要曉光；他還可以以曉光的前途請史玲玲放棄曉光；他還可以告訴史玲玲假如曉光真的要娶她，他將不給一個錢，而曉光只能同她過一間亭子間的生活，這是一個多大的威脅。

李先生白天照樣辦事，下班的時候他就一個人到仙宮舞廳。他安詳地進去，一個人找一個位子坐下，吸上一根紙煙，他叫史玲玲坐檯子。

史玲玲原來是一個高大肉感的女子，與李太太剛剛相反。她從音樂臺那邊婀娜地走過來。她穿一件桃紅色發亮的旗袍，——好熟稔的顏色！李先生馬上想到昨夜李太太從櫃子裡拿出來的被鋪。——緊小得像香腸的包皮，似乎是一粒熟透的葡萄，隨時都準備破裂而讓裡面蜜汁流出來一樣。李先生沒有看清她臉，但已看清她的笑容，等到她走近到已經可以看清她臉的時候，李先生看的已經不是她的臉。她旗袍好像特別短，露出兩條腿，李先先很快聯想到他家裡月份牌上的畫；但對那張天天掛著天天看到的畫，他從無想像，但對史玲玲的腿他馬上想到八月的肥鵝，這因為史玲玲正穿著一雙血紅的高跟皮鞋。

「是李先生嗎？」史玲玲手上一隻紅玻璃皮包放在大腿上，手指上的蔻丹同皮包一樣紅。

「請坐請坐，史小姐。」李先生很有身分地說。

史玲玲坐下了，李先生這才看到她的臉，她的臉可沒有她身材這樣有鋒頭，方正、平庸、肉裡眼、平扁的鼻子，闊闊的嘴塗了口紅，牙齒倒很整齊，但不潔白。

「李先生常來這裡玩嗎？」史玲玲一笑，眼睛裡透出一種說不出的誘惑。

李先生沒有回答，一笑，但避開她的笑容，敬一支香煙給她，自己也拿一支。正預備劃洋火的時候，史玲玲已從皮包裡拿出金色的打火機，皮包裡吐出一陣香氣。史玲玲用手一捏，發出一朵火，湊向李先生的紙煙。李先生一吸之間發現她手上的鑽戒。——不錯，至少三克拉，他想。

等史玲玲自己吸上煙。李先生往椅子背一靠，眼睛望著自己手上的煙火，他安詳而冷靜地說：

「我很少來玩，今天特別來找史小姐，因為李曉光，你當然知道他，他同我講起你……我可以請你到清靜一點的地方談一會麼？」

「好極了。我常常叫曉光帶我來拜見你，他總說你忙。要你自己來，真對不起。可是可是今天……明天早晨我來拜訪你好不好？」史玲玲說了歇一會，忽然改了主意：「要麼你等我一會，今天我有兩班客人……」

「不要緊，我等你好了。」

「謝謝你。」史玲玲說了，但是並沒有走，看了李先生一會，忽然說：「曉光實在很像你，只是他瘦了一點。其實你不說我也看得出來，你一定是他的哥哥。」

李先生心裡一震動，臉上浮出了一層笑容，但突然矜持，他說：

「你早點去罷，我等著你。」史玲玲懶洋洋的站起身，忽然一翻身，把五隻搽著蔻丹的手指輕輕按在李先生的肩上，揿了一下說：

「對不起。」眼睛則望在別處。於是她走了幾步，回過頭來一笑，似乎含羞地又似乎誘惑地，扭著蛇一般靈活的腰身走到別處去。

——怪不得曉光喜歡她。李先生想。但是突然他問自己：

「她幾歲了？十九歲。」

——女人的歲數決不是曉光所能知道的。至少她比曉光大兩歲。

突然他看見桃紅的身軀在舞池裡出現了，像魚池裡出現一條小龍，李先生禁不住自己不去看她。他從火紅的身子順著流動的曲線看上去，看到她的眼睛，正從男伴的額角望著李先生，用誘人的笑迎逢李先生的視線。李先生勉強一笑，低下頭。他下一決心不再去看她，但是桃紅的顏色竟在他面前晃搖。

「李先生。」忽然有個人叫他。他抬頭，是行裡的行員，一個很活潑的青年。

「好，好。」李先生欠身點頭：「跳舞啊？」

「同親戚們在一起。」那位行員笑著說：「李先生一個人麼？」

「是，是。」李先生談：「等一個朋友，等一個朋友。」

那位同事走了以後，李先生忽然不安起來，他希望史玲玲不要馬上就來，他偷看同事去處，果然有五六個人坐在一起，但全是男的。他又故作等人似的把眼睛望望門口，又抽上一支紙煙。隔了一回，他又偷眼望望同事的檯子，但他頓時吃了一驚，那面多一個桃紅色的身子。他睜大了眼睛再看，不錯，果然是史玲玲，坐在他們檯子邊。他不知怎麼才好，一時幾乎想溜走，但似乎有點不可能，他只得忍耐下來。

大概有燒兩支煙的工夫，忽然有人在他肩胛上一拍，他愣了一下，一看是五隻擦著火紅蔻丹的手指。

「我們走吧。」似乎很慎重而祕密地說：「你到門口等我好了。」

李先生一回頭，史玲玲已經向後面走去了。

一瞬間李先生心頭輕鬆下來，似乎史玲玲早已看出他所擔憂的一切難題，平易地完全替它解決了。他對史玲玲不覺又感激又讚賞。於是大大方方的付了賬，大大方方的走出來，走過他同事的桌子前面，招呼了一下，說：

「我朋友大概不會來了。」於是又大大方方行了一個二十度的禮，他就跨出了門。

在門口，他走到馬路對面，望著舞場門，等史玲玲出來。

史玲玲一出來，很機靈的就看到李先生魁梧的身體。她舉起肥白的手臂，輕搖五隻搽著蔻丹的手指，就走過去。李先生沒有同她說什麼，伴她到放汽車的地方，開開車門，史玲玲一轉身就進去了。

等李先生坐在開車的地方，發動車機，史玲玲正打開大紅發亮的皮包，她拿出一隻金色的粉盒，打開搽粉。

李先生開出車子，突然發現旁邊桃紅色的點綴，頓覺得自己重要了許多，一看車外的人，似乎個個都在對他注意。史玲玲忽然將粉盒換出一個金色的煙盒，她拿了一支煙放在李先生嘴裡，又用打火機為他點燃。

他把車子開到一個僻靜的咖啡館，於是兩個人對面坐下來。李先生開始鎮定自己，把握住他要同史玲玲談話的中心。他開始說：

「你是不是打算同曉光結婚了？」

史玲玲聽了並不覺得突兀，只悠意的一笑。她說：

「只要對他有益，我自然什麼都可以做的。」

「那麼同他結婚，你以為對他有益麼？」

「他要占有我，一定要占有我，我有什麼辦法。」她訴苦似的說。

「史小姐，我們說老實話，他還是一個小孩子，不懂得什麼，去年這時候他只知道天天去游泳。」

「我都知道，因為這樣，所以我很喜歡他。」

「你喜歡他？」李先生對於「喜歡」這兩個字感到很刺耳，似乎很好聽，又似乎很難聽。

「那麼你並不像他愛你這樣愛他。」

「我自然一百廿分愛他。」

「那麼就不應該同他結婚了。」李先生說：「你知道他同你結婚，他的前途就完了。」

「真的嗎？」玲玲嬌憨而諷刺地問。

「就是為你著想，你年紀比他……同他差不多。他到我這樣的時候，你已經不是現在的你，那時候你說你難保得住他永遠這樣對你傾倒麼？」

「這些自然我都想到了。但是他要占有我，我也就只好為他著想，自己顧不得這許多。」玲玲說：「其實我認識他不久，怎麼……真是一個小孩子。」

「在他，我想不過是好奇，你如愛他的……」李先生忽然考慮了一會，換一種口氣說：「我想，假如你們如果，如果……我是說，好到某一種程度，你也可以叫他放棄結婚的念頭了。」

史玲玲只是嬌憨地望著李先生與自己的言語掙扎。李先生看她不說話，他誤會了意思，他說：

「如果你肯，肯那樣救他的話，我可以給你所要的錢。」他說出了忽然覺得自己的辭令太笨，怕史玲玲已經生氣了，一時也說不出一句可以更正或補充的話，一抬眼，看到史玲玲嬌憨地在看他，帶著鮮艷的微笑，一點也沒有生氣。

「李先生，不瞞你說，我早已盡我的所有的安慰他，滿足他了。我也沒有向他要一個錢，但是他一定要我不做舞女。但是你知道我要養家，我家在鄉下，有四個人要養。」

「那麼結了婚，你以為靠他就養得起四個人，啊，連你們六個人麼？」李先生說：「我可不能接濟他。」

「他養不起，我再做舞女。」史玲玲很安詳地說：「那時候他已經占有過我，也就會同我離婚的，是不？」

「預備離婚，那還結什麼婚？」

「其實不預備離婚，也何必結婚？」

李先生一時沒有話說。他對於抽象的理論，一點不感興趣，史玲玲的結婚哲學同曉光的戀愛哲學一樣，對他沒有反應。

「我早就同他說過，他念他的書，我做我的舞女，他高興來玩玩，不高興就不來，還不是很好麼？但是他偏不要。他說他一定要養我，他不願自己所愛的女人去做舞女，你說多傻。」

李先生不響，他已經失去了主意。

「他說他可以不念書，可以做生意，可以娶我，……」突然史玲玲忽然抑低了嗓子，非常動感情的說：「李先生，人人對我們舞女不過為玩玩，不看重，……你想我怎麼不被感動？」

李先生不知怎麼好，一句話也想不出。

「我想還是你勸他不要來看我吧。他也許會慢慢地忘掉我的。」她似乎想流淚了。

「他是一個小孩子，你應當有點理智，來拒絕他才對。」李先生勉強的說。

「我什麼都做過了。但是我也是人。」史玲玲說：「他哭呀，他一聲不響的哭，他每天寫信給我，用血寫成長長的信……唉！」

「寫血書給你？」

「你不信，回頭都可以跟我去看，我也不知道是真的假的。」她認真的說。

李先生又沒有話說了。

「論到我自己，我也已經不年輕了。我也很想嫁人，而且嫁的決不是曉光這樣的孩子，自然是你這樣的中年人，有點地位，可以養得起我，就是做姨太太也不要緊，是不？」

李先生不響，但忽然避開玲玲，注意窗外。窗外天色已暗下來，不知什麼時候又落雨了，地上溼溼的起了一顆一顆的小泡。有車子走過，聲音是一種黏性的磨擦。他突然說：

「不早了，我送你回去吧。我們下次再說。」

史玲玲看一下手錶，她說：

「七點半，怎麼已經七點半了？說起來，我想到我有許多話要同你說。」她忽然注視著李先生，用五隻擦著蔻丹的五指按著李先生的袖子說：「我請你吃飯可以麼？」

這似乎是說李先生怕請吃飯所以要走了。

「你有工夫嗎？那麼我們去吃飯去。」李先生說：「我打一個電話給家裡。你坐一會兒，對不起。」

李先生打了電話回來，他們就到了一家菜館。李先生怕會見熟人，所以就選一個精小的雅座。點了幾樣菜，李先生要了一斤酒。

「人在無聊的時候，喝一點酒也很有意思。」史玲玲說。

一時間他們彼此都沒有談曉光，也沒有談剛才說的那些難解決的問題，在那間精緻狹小的房間裡，空氣完全不同於李先生家中的飯廳。李先生似乎感到活潑與年輕。初秋的天氣很有點像晚春，他有更多的醉意去配合史玲玲的媚笑。

酒菜上來了，李先生感到奇佳的酒興，史玲玲也不辭一杯杯滿斟。起初他們談些史玲玲的身世，慢慢談到生活，談到生意上的市面。

在酒罷飯上的時候，史玲玲出去一趟，飯後，李先生要付賬的時候，茶房說帳單已經由小姐在櫃上付過了，這使李先生非常不安。

「今天我說的請你吃飯。」史玲玲說：「你客氣，你就看不起我了。」

李先生沒有辦法，伴她出來，走進汽車，他問：

「你夜舞在……」

「已經快十點，我酒喝得太多了，不去了，你送我回家好不好？我家在辣斐德路底。」

「你一個人住那裡麼？」

「我不告訴你家裡都在鄉下麼？」

李先生沒有說什麼。

天還有小雨，地上很溼，反映著街燈很好看，李先生用三十哩的速度駕著車。

「到底是秋天了，有點冷。」史玲玲靠緊李先生說。

「那麼讓我關上窗。」李先生關上窗。

車子到辣斐德路底，史玲玲告訴他在哪一家公寓口停下。那裡已經是僻靜的所在，街車行人都少，天還下著雨，天色很暗。

「走好，我不送你了。」李先生為史玲玲開車門說。

「不說到我那裡坐一會嗎？」史玲玲沒有下車，斜靠著座背說：「我們是不是還沒有說正經的事情？還有曉光的信，那血，不知道是真的是假的？」

「你還不想睡覺？」

「你想我們的事情沒有說清楚，我能睡著覺嗎？」

李先生覺得他必須回家了，但是沒有表示，他不自主的說：

「那麼我稍微去坐一會。」

他關好車門跟她走進黝暗的大門，跨著黝暗的樓梯上去，到第二層，史玲玲攙著他的手臂說：

「有時候一個人回來，走這樓梯真有點怕。」

「你住在第幾層？」

「再上去一層。」

到第三層，玲玲站住了。她從皮包裡摸出鑰匙，打開左面的一個門，開開電燈，好像從深長的山洞出來，一時豁然開朗。李先生精神為之一振。

那是一間半的公寓房子，布置得很華麗鮮艷，如果有點俗氣的話，那也不是李先生所能辨別的。

「請坐，請坐。」史玲玲又開了裡面一盞電燈，她指梳妝檯裡邊一張沙發，請李先生坐，等他坐下，史玲玲就去拉上窗簾。

李先生四周望望，正想快一點同史玲玲談些事情。但是史玲玲對著梳妝檯鏡子照了一下，很有禮貌的說了一句：

「對不起。」就匆匆的走進了浴室，呯的一聲關上了門。但沒有一會兒，她披著一件金黃色花綢的晨衣又出來了，她出來打開五屜櫃，拿了一襲睡衣，忽然想起一件事情似的，匆匆打開寫字檯的抽屜，拿出三本照相簿給李先生，把誘惑的眼睛笑成了像兩朵花，她說：

「我換換衣服，對不起，你看這個解解悶。」她說完沒有等李先生回答，就又跨進了浴室。

李先生起初覺得不自然，但翻開玲玲的照相簿，望望房間的四周，也就安詳起來。照相簿內有一張史玲玲穿游泳衣的照相，伸著兩雙肥鵝似的大腿坐在海灘上，他一時似乎酒興自肚內湧起。就在這一瞬間，忽然鈴聲一響，他吃了一驚，隨手掩起照相簿，正經地坐起。鈴聲又短短的一響，史玲玲穿著一粉紅色的短袖的綢睡衣拖一雙高跟拖鞋，從浴間跑出來，她突然關滅了電燈。跑到李先生座位邊，用她肥白的手臂圍住李先生的脖子，將口紅未褪的嘴唇湊近他的耳朵邊說：

「一定是曉光！」

「曉光？」李先生一驚，但鈴聲又響了一下。

「不要響，不要響。」她又在他耳朵邊說；身子一滑，就坐倒在李先生懷裡。

李先生想推開她，但是她太重，忽然她又似乎非常害怕似的說：

「不要動，不要動。」她一隻手臂還圍著李先生的脖子，一隻手握住李先生的手。她說：

「怎麼？那麼冷？」

李先生把手拉開，無意中放到她的腿上，她的綢睡褲薄而滑，給李先生一種新鮮無比的感覺，他的手順得褲腳滑下去，他碰到了她的裸著的小腿，他的手像被粘住似的不能再提起。

半晌，李先生忽然振作一下，想站起來。

「他現在一定走了吧？」

「他會在門外等我的。他以為我沒有回來，常常在門外等。」

「那麼我怎麼辦？」

「我們到床上躺一會吧。」

李先生不響也不動。

「我冷。」史玲玲滑出她圍在李先生脖子的手臂，兩手抱抱自己的胸脯，接著她就站起來，輕輕的走到床邊，柔軟地躺下了。她躺在那裡沒有動，也沒有蓋被，李先生這時候只好過去，他為她蓋上了被鋪。

門外果然有一點聲音。

「你也躺一會吧。」玲玲說。

李先生一躺下，脖子正枕在玲玲肥軟的臂上，李先生驟感到一種溫柔的灼熱，玲玲忽然抽出了手臂，為他枕好枕頭，不知怎麼，她好像在用第三隻手在解他的領帶。

「這樣不是比較舒服一點。」

李先生沒有動也沒有響，也沒有回憶與思索，他心裡可非常清楚地想到：

「我今天酒真的喝醉了。」一時似乎有酒浮起到他的心頭，這種酒意加上初秋的感覺就比成春境。他需要做一件事，需要脫去皮鞋，不，他還需要脫去口袋裡都是東西的衣服，蓋上桃紅色柔軟的被鋪。

「我喝醉了！」他低低的自語自言說。

「那你就在這裡歇一晚吧。」玲玲用十二分相信他，並且尊敬他的口氣說：「出去也不好，怕還有人等著。也許是一個壞人看我們一同進來，來敲竹杠的。」

李先生沒有說話，他輕輕起來，解除他早該換脫去的皮鞋，又解除了他口袋裡全是東西的上衣，於是又重新躺下。玲玲把被鋪分蓋在他身上。

驟然間李先生感到褲袋裡的鑰匙使他不舒服了，他拿出鑰匙，又附帶著拿出一切沒有意識的雜物。但是解除一種主要的不舒服，無非是使次要的不舒服擴大成主要的舒服，他這時馬上覺得他腰帶太束縛他逐日膨大的肚子。

「我吃得太飽！」他心裡想，手裡偷偷地放鬆一節腰帶。

「不舒服麼？」

「我吃得太飽！」

「不早了，你明天早晨還要辦公。你換睡衣睡吧。」玲玲說：「我正有一套男人的新睡衣，買來預備送人的，在匣子裡。」

她起來，輕輕地下床。李先生沒有看她，但聽見一種紙匣的聲音。於是一種柔軟的壓力拋在他的身上了。玲玲似乎又進了浴室，他就換上了睡衣，蓋上被鋪。他感到酒意浮在他心頭，秋夜籠罩著他的四周，這造成了一種乍暖還寒的春情。

玲玲還不來，玲玲還不來……

然而一種奢侈的法國人為女子製造的撩撥男子的香氣來了。

……

「我昨夜真是喝醉了。」他一覺醒來，看錶已經是十點廿分。旁邊是玲玲，睡得正香。他想到了太太，於是找到床邊的電話。

「我昨夜是喝醉了，在朋友家裡。」他驟然感到自己的說謊。趕緊想補充一句，恰巧李太太在對面關注他的身體，他說：「沒有什麼，沒有什麼，我就到行裡去。」

李先生掛上電話，真的想穿衣服到行裡去，但是玲玲被他噪醒了。她睡眼惺忪地說：

「還早，再睡一回麼？」她說完了翻一下身，身子露在被外，李先生很自然的幫她蓋好。

他考慮了一下，於是他拿起電話打到銀行裡去告假，這時候已經十一點了。

夜十點鐘的時候，李先生帶著高興、懊惱、愉快、悔恨……等等複雜的心情回到家裡，但是他也沒有理論上求滿足的要求，他有實際上圓通的辦法。

天晴過，黃昏時候起又淅瀝淅瀝的下起雨來，一直到現在還未停止。他走進客廳，李太太也跟著進來。這位矮小乾瘦的太太，昨夜曾因丈夫未回來而失眠，到早晨接到電話才睡了一回，所以乾瘦的笑容裡透露著疲倦的目光，這使李先生深為感動，他立刻表示十二分關念說：

「你昨天沒有睡好？」

「我早晨睡過。」李太太說：「你呢？」

「我喝醉了！真是……」李先生沒有說下去，忽然轉換了語氣問：「曉光有回來麼？」

「他在樓上吧。」李太太說：「你有沒有去找那個舞女？」

「我去過，去過。」

「人怎麼樣？」

「還不錯，不過曉光同他結婚，總待仔細考慮，是不？」李先生忽然說：「我想同曉光去談一談。」李先生說著就站起來。

「你不換拖鞋麼？」

「回頭換，回頭換。」說著李先生就走出房門。李太太知道她不必上去，所以就沒有跟他。李先生挺起日漸膨脹的肚子，鎮定了一下精神，走上樓梯。

曉光的房門開著，他坐在沙發上，兩手枕在頭下，沒有理會李先生的進來。李先生一進去，站了一會，關上房門，他開始說：

「你想過沒有？」

曉光沒有回答。

「你預備到學校去註冊麼？」

「我決定不念書了。」

「還是預備做生意，結婚？」

「我決定了。」

「做生意，可以不問我要一點本錢麼？」李先生坐在曉光的旁邊。

「假如你肯。」曉光囁嚅著說：「你不肯，我去找個事，也可以結婚。」

「你知道她肯刻苦同你過簡單的生活麼？」

「爸爸，她的確是一個很好的女人。」但李先生沒有理會這句話，他說：

「如果你們肯刻苦的生活，我自然可以幫助你。你還可以去讀書。」

「為什麼一定要讀書？」曉光的語氣已經軟下來。

「你已經大學三年級，再兩年就畢業了，放棄豈不可惜。」

「畢業出來還不是去做生意？」

「但是做生意就不能再讀書，讀書以後還可以做生意是不是？」李先生換了一口氣說：

「而且你還知道你現在同我的時代不同，大學畢業資格是很有用處的。」

「那麼你答應我娶她了？答應我搬出去成立小家庭？」

「你可以租一間房子同她同居，一面讀書，兩年以後，你大學畢業了，那時候你可找比較穩定的職業，如果你們仍舊相愛，你們再結婚不一樣麼？」

「那……那她怕不會答應的。」曉光囁嚅著說。

「我想我的確替你想得很周到了，你同她商量商量。如果認為好的，你明天快到學校去註冊去，否則，我就無法幫你了。」李先生說完了就走出來，他再沒有煩惱與憂慮，愉快地下樓梯準備喝點酒。

第二天曉光說，玲玲什麼都答應了，但要一隻十克拉的鑽戒算著定情。李先生馬上意識到這是玲玲的聰敏，他很高興的去買來。幾天以後，曉光與玲玲搬到離辣斐德路不遠一間前樓同居，離學校很遠。曉光知道玲玲已把公寓頂掉，但李偉樂已經頂下那個公寓，那可離玲玲的新居不遠。曉光早晨出去，要在學校裡吃中飯，玲玲那時候可以仍舊祕密地在公寓裡等李先生來喝酒午睡。

自然，玲玲再不是舞女。這原是曉光第一個希望。

這故事總算是功德圓滿，因為我們這幾位人物都可以快活地生活，連李太太也在內。因為雖然夜飯的桌上並沒有曉光同他美麗的媳婦，李先生再不感到空虛與寂寞，不但不感到，而且還隨時隨地特別體卹李太太的空虛與寂寞。

仔細的讀者也許要問到兩年以後的情形，敏感的讀者又怕兩年以後會發生悲劇的結尾，實則故事還是非常平常。

在曉光快畢業的時候非常感激他父親當初的遠識，而曉明來信勸他到美國讀書，尤使他非常聽得進。頂奇怪的是他父親雖然曾經反對曉光的留學，現在對於他肯上學，不但非常贊成，還特別慫恿。

大概又是一隻十克拉的鑽戒吧，換玲玲幾滴送行的眼淚。那間前樓的小家庭取消，玲玲還是退到大公寓裡來。其他一切都沒有改變，大家還是很幸福的。

……

這不是一篇短篇小說，而是一個長篇小說的綱要。我曾經把這個長篇寫了十幾萬字，不知怎麼，一擱下就迄今未拿起。看來現在不會有寫這篇東西的機會，因此把這個綱要收集在這裡，作為以後如果要重寫的線索。

禁果

有一次，有一個詩人寫一首詩：他大大地罵亞當夏娃，說是他們在這樣快活的世界裡，還不肯少吃一種果子，弄得人類永遠永遠要吃吃不盡的苦處。

居然有一個好事的人將這首好事的詩譯成某一種文字，刊在那某一個王國的一個好事的報上。

這報的銷路並不很好，但是在某一個咖啡店裡，居然被一個有錢的寡婦看到了。她一時高興，寫了一封信給那個報館，問這首詩是從那兒譯來的？

這位寡婦是有名的。報館對於她的信，當然非常重視。於是寫信問譯的人，譯的人就回了一封信，說是從作者的本國的一個報紙上裡譯出來的，並且介紹了那位作者的履歷。

也不知是什麼衝動了那個寡婦，她會又寫一封信給作者，前面她介紹她自己，後來她說，她願意供給他，像上帝供給亞當夏娃般的供給他，只是有一個條件，就是不許向她求愛。

這位詩人奇怪起來，其實，誰都要奇怪，怎麼會有這樣奇特的事情？這樣的事情，真的，歷史上從來沒有聽見過，書籍裡也從來沒有同這樣相仿的記載，真是奇怪得使人沒有法子相信。

儘管他不相信；但是她為什麼要來騙他？即使不是「她」而是「他」，騙他又有什麼作用？現在他們兩國又不是敵對的時候，即使是，連報紙都不常看的他，騙了去又有什麼用處？而且他自己知道，他並不是什麼特別的人，強壯？美麗？……這些條件他並不十分具備。而且即使具備，對於她這個條件，正是「利用」的反對方面。他左右的想，覺得沒有一個理由可以尋出來，說明她這個舉動對於他有害。他於是寫信到翻譯他詩的那個人地方去問，那位翻譯的人也覺得奇怪，不過很肯定地說，這於他是有害的；這有害，並不是說那位有名的寡婦要加害於他，而是他一定要被害的，因為這個有名的寡婦是以神祕性出名的，沒有一個見她的人不為她顛倒，十二分情願在她魔性美下面死去。他於是又講了幾個故事，不，簡直是神話，說她本來是一個山邊的女孩，被一個王爺看中，用盡了方法向她求愛。但是當她允許他婚約後，一直到結婚那一天，新娘還沒有到來，新郎一連快活得暈倒好幾次。到了新娘到了，他一暈就不復醒。於是她就做了寡婦！這個消息傳到了世界各國，於是世界有名的人物都想見她，但是她都不願意見，只看了一個最有權威的畫家。這位畫家足足有五百次的請求，才允許他來畫她一張速寫；但自從他畫了這張速寫以後，他再不會作別的畫；這樣不到一年，他就死去了。前前後後青年人為她死去的不知道多少，老年人為她顛倒的也有，前代的國王就因為想她而得病死的；現在的國王，在他母親照顧之下，還沒有同她見過；儘管算起來她是他的嬸母，然而見了以後，一切的危險是沒有法子避免的……

這種帶詩意的浪漫性的故事，不但沒有勸阻了這個詩人，反而使他加增了去的決心。於是他寫一封信給那位寡婦，說一切都願意接受，只要她立刻寄二份盤費來，因為他細細的打算過，如果是騙他呢，可以立刻回到故鄉的。

不久，比二份還要多的盤費果然到了，於是他就離開那早就住厭了的地方。路上他興奮得很，有時候甚至於一個人大笑起來，他覺得這個這個寡婦真傻，為什麼不提出：「不許向任何女子求愛」呢？有時候他對著鏡子照照，覺得樂園一旦實現，生活一好，那時候，求愛的條件什麼都有，全國的女子都會來愛我，我有十二分資格來向任何女子求愛，為什麼一定要向你求愛呢？他越想越覺得可笑！他越覺得可笑，越覺得他前首詩的真理，亞當夏娃真是該罵，任何果子都有，任何果子都可以向上帝要求，偏偏要吃那禁果。

旅程開始時候，他就有電報打去，所以當他到了那裡，已經有人按照他的船，他的艙位，拿著寡婦親筆的信來接他。

於是就進了王宮一般的建築。

會客室約等了十五分鐘，僕人告他，主人請他進去，他於是跟著到裡面。許多男子，莊嚴地坐在那裡。他一進來，一個神一般的女人剛從房間裡出來，他想定了這就是那位有名的寡婦了。

——是的，美極了！然而這只是神的美，因為莊嚴的成份比美的成份要多。不，也許這種莊嚴就是美吧！——他失措地想。

「就是你麼，先生？」活像是上帝的聲音。他點了點頭。

——簡直是神，我怎會會去向她求愛？他失措地又想。

「這幾位都是這裡最有名的律師。」簡直是上帝的聲音。

——然而律師？——他失措地又想。

「這位太太願意像上帝供給亞當夏娃般的供給你，但唯一的條件就是你不能向她求愛，你是不是贊成的？」律師中一位說。

「是的！」他失措地說。

「所謂求愛，不單單是言語上，行動上也應當負責的。」律師中又一位說。

「自然！」他失措地又說。

「如果你犯約了怎麼樣？」律師中又一位說。

「隨便怎麼樣！」他失措地又說。

「死！」律師中又一位說。

「死？」他失措地問。

「是的，隨便怎麼死。」律師中又一位說。

「自殺？」他失措地又問。

「可以。」律師中又一位說。

「投海？」他失措地又問。

「隨便你怎麼死。」律師中又一位說。

「叫別人開槍？」他失措地又問。
「隨便你叫誰執行。」律師中又一位說。
「你贊成不贊成。」律師中一位問。
「好！好！」他失措地贊成。
於是，一張合同從又一個律師身邊拿上來。於是，他讀了一遍，每個律師又都讀一遍。於是，他簽了字，每個律師又都簽了字。
這樣，樂園般的生活就開始了。
律師，一個個都同他拉手，一個個都向她行禮，一個個都出去了。
他的眼睛剛送走了律師，回過來立刻感到特別。因為那副神一般莊嚴的面孔，已經完全改樣。她慈藹地走過來，招呼他坐下，於是僕人捧上了銀盤，又捧上了銀盤。她問他愛喝咖啡，還是紅茶？是葡萄酒，還是香檳？慈藹得像他母親，語調尤其像。
——神，不錯的，剛才在天上，現在降生到地上，慈愛得像耶穌！——他失措地想。
一個月，兩個月過去了。他生活著真是像天堂的生活，他想吃的東西，想看的玩意，想讀的書報，只要一個條子給僕人，僕人就會拿給總管般的人，不久就會替他辦到。
有一個翻譯跟著他各處各處的走，各色各樣的玩，各種各種的吃，各類各類的交際。然而這個，從第三個月起，已經不再是快樂的事情。起初原是一件一件新穎的事物占據了他的腦筋，然而慢慢，新穎的已經不新穎了。他腦筋，再也逃不出那個神祕的圈圈！

在最華麗的娛樂場，在最優美的風景前，他會想到飯廳裡的沙發，他會想到紫紅色黯淡的燈光，在最熱鬧的宴會上，他想起素美的飯菜，靜悄悄冒著氣的咖啡。

於是，他有時候，很早就回家，等著與她一同吃飯，然而結果常常是她沒有回家。他只好一個人吃。這，於是，他痛苦起來。

這樣，他索興不回來了。然而過後一問僕人，偏偏她是回來吃的。這，於是他又痛苦起來。

他躺在床上，像得病似的在痛苦。於是他想，要沒有那個第一次，唯一的一次，他不會陷於痛苦的。然而儘管他在後悔，美麗的一頁終於又在他腦裡浮起。

那天他是到遠處去遊玩的，很有點累。他洗了一個澡，在坐起間裡看報。然而她進來了，穿得樸素得很，活潑，天真，……——是一個仙女！他失措地想。

「回來了嗎？」活像是仙女的聲音。

「是的！」他失措地說。

「還打算出去嗎？」簡直是仙女的聲音。

「不了！」他失措地又說。

「那麼我們一同吃飯吧！」

「一同吃飯麼？」他榮幸得驚惶起來。

「不好麼？我們不是很少單獨一同吃飯麼！」

吃飯的當兒，她同他談了許多話；他那時連注意話的意義的本領都失去，因為他已經被這談話的聲音所迷惑。

——假如是連天的波濤，一聽到這樣聲音，也會靜下來的。——他失措地想。

自從進了這個神祕圈圈以後，他的生活，像從天堂降到了地獄！於是再也升不到天堂，只會步步地沉下去了。

他那時從床上躍起，下好決心，決定此後，即使是一個人，也每夜在家裡吃飯，不再出去。他想終有一天會重現那甜美的魔境的。

果然，有一天，「剝剝」，敲他書室的門，她進來了，富麗，華貴……

——克麗奧佩脫拉！……皇后……——他失措地想。

「沒有出去嗎？」活像克麗奧佩脫拉的聲音。

「是的！」他失措地說。

「還想出去麼？」簡直是克麗奧佩脫拉的聲音。

「不了！」他失措地又說。

於是，飯桌上坐下了。但他所期待天堂始終未重現，她只是草草地吃。一句話也沒有說，吃完就走。只留下一句「夜安」的聲音，在他耳裡一直響到了天亮。

這，於是他又痛苦起來。

這個痛苦之餘，他又各處各地，各式各樣胡玩起來了。他同許多女子玩，他次次表示愛，然而女子們都愛他了。飯館、公園、跳舞場、甚至於旅館隨便他帶進，隨便他帶出。然而他仍舊是一步步沉向地獄去，「早安」時一個笑容，「晚安」時一道光，使他感到一切女子都不是情，都沒有美了。

他有意的新辦法，是將許多女子帶到自己的家裡去，哈哈地笑，嘩嘩的喝，熱熱烈烈的唱，蹁蹁躚躚的舞。他滿以為能給她一點刺激，然而她只是過她的生活。高興時候像鳳凰一般的飛出去，當然有許多貴族來伴她的；幽靜的時候像水底一般的待著，奏幾聲鋼琴，讀讀書，有時候哼著夜鶯般的聲音——而且多半就在他們一大群的隔壁。

無論自己空氣是多麼熱鬧，當她同許多男子熱烈地笑著飛出時，汽車嗚的一聲，會使他立刻頹喪下來，他會感到整個的甜美都失掉了意義；於是他又痛苦起來。如果她沒有出去，有時候她是去睡了，一點聲音都沒有，這使他感到一種空虛，於是儘量地發著聲音使她聽見，但是，一直到天亮，她在門口叫聽差轉告馬夫備馬，這樣的聲音會使他感到是一種晴天的霹靂；有時候她沒有去睡，也許就在隔壁，那低微的琴聲，書頁音，歌吟聲會比自己周圍的話匣子聲，無線電聲，以及笑聲，歌聲都要響亮；有時候，一點聲音沒有，忽然發出一聲斷弦一般的咳聲，於是他會像自己咳出血來一般的感到，他想安慰她，看護她，甚至有許多眼淚都在眼眶裡等著，要到她面前去流；有時候，她甚至過來，剝剝地敲門，於是乎進來，二三句簡單的談話，喝半口或一口淡酒，於是又出去了，但留下太陽般的笑容，天使一般的「晚安」，這會使一切東西失色，一切聲音不美，這會永遠在房內，在任何一角地方蕩漾。

這些，使他深深地痛苦著。

她打碎了他的一切，他覺得要從這個痛苦拔出來，必需要一種精神上的安慰。他再三思索，他決心進研究院去讀書，於是他重新拾起荒廢的學問，請來了二個家庭教師補習。為避免她精神上的脅迫，他拚命用功，讀許多哲學的，數學的書，而且從兩個教師地方，也認識了許多著名作家，大學生，教授，於是他的房間裡都是書籍雜誌，談話的聲音也都是關於深遠的哲理，科學的實驗，以及美術品的考據，同古古今今文學作品的批評了。

這些固然仍不能使他避免她的脅迫，但究竟是多一種安慰。每天不是留他的朋友談到很晚，住在他那裡，就是自己回來得晚，或者是不回來。

忽然，有一天，也不知道是偶然還不是偶然，他同幾個朋友到郊外去一趟，有些倦，所以回來比較早些。大概是十一時左右吧，到了寢室裡，怎麼也睡不著，於是他又起來到書房裡去，預備讀完一本書，但正在讀的時候有人敲門了。

「還在念書嗎，先生？」是一個侍女。

「是的！」

「沙美太太在喝茶，她問你餓嗎？請你同去談一會。」

——噢！的確有一點餓。——他失措地想。

於是就進了魔宮一股的小巧的房間；絲絨的牆，絲絨的地，絲絨的沙發，絲絨的安樂椅，絲絨般的燈光下是鋪著絲絨桌衣的桌子。

一個絲絨靠墊從沙發的絲絨背上滑下，披著絲絨的便服的她絲絨般的站起來了。

於是這個絲絨的空氣，已經莫名其妙的將他鍛鍊成絲絨般的柔弱。

紅茶、點心間，她用絲絨般的眼光同絲絨般的聲音同他談，談鋒從他最近的生活，轉到許多古今作家與作品的批評，又從哲理上的問題，談到許多哲學家的生命與思想。

一直到那絲絨的衣袂從絲絨的地面拖了出去，他才帶著這個絲絨的影子回到床上。這樣，絲絨般的空虛又開始在他心裡築起。以前能安慰他的學問上的師友，深夜的是長談，同這次夜談的空氣對照起來，馬上都失掉了意義。

這，又深深地增加了他的痛苦。

許多次，他也曾經預備了紅茶、精點去請她，然而她不是推說要睡，就是推說精神不好；有時候來了，她也是坐立不安的，翻翻那本書，看看那張畫，甚至於一只手握著茶匙攪著杯裡的糖，一只手打著冗長冗長的電話，談許多許多旅行的計畫，運動比賽的預期，以及各種各樣幽默的爭執。再也不能挽回絲絨的空氣。

這，痛苦。

為要打破這個痛苦，他開始住到旅館裡，用各種方法來痲醉自己。於是他交結了下流的舞女、妓女，喝起凶烈的酒精；然而這也不是一個辦法。起初在酣醉成泥的時候，他可以死了般的忘去了她，然而慢慢的，連這個都沒有效驗了，因為他的精神已垂臨崩潰——，三個月以後，他就到了病院的床上。

那時，天使般的她常常到病榻旁去看他，她用各樣各樣的態度、服裝，留給他各種各樣的空氣，有時候像雲，有時候像雪；有時候像荷花，有時候像丁香；有時候像鳳凰，有時候像畫眉、白鴿；有時候像夏天的雨，像冬天的太陽，有時候像春天的露，有時候像秋天的雲霞。

最後他恢復了康健，但是他以後將怎麼樣生活？他從病院再搬到家裡，房間的周圍早就沒有她的影子，她又過她自己的生活去了。他這時真想知道她的一切；她的蹤跡，她朋友裡的每個人，每個電話的來源，每封信的內容。然而這如何可以呢？

這又深深地增加了他的痛苦。

為破除這個痛苦，他決心到遠地去旅行；他攜帶了一切，到地球遙遠的別一處去。是的，言語改變了，服裝改變了，風俗改變了，習慣改變了，氣候改變了，然而地球終歸還是地球；雲是雲，雪是雪，花是花，鳥是鳥，夏天的雨不會是冬天的太陽，春天的霧不是秋天的雲霞；而這些，不但是象徵著她，而正是她的化身；她給他的印象已經是一切愛人給他所愛者的印象一樣了。

這又深深地增加了他的痛苦。

拒絕這個痛苦的辦法，原是馴服地回到原來的她的住所。

為擺脫幾千次大大小小的痛苦，而再現的更甚的痛苦，他深深地感到只有二種辦法可以救他，一種是死，另外一種就是她接受他愛。

是的，兩三月似乎是天堂的生活後，過的一直是地獄、地獄。他許多次的自拔，結果是越陷越深；現在，不錯的，只有死與她的愛是他的天堂。

於是，有一天：

「我沒有法子不愛你，即使是死。這樣的死，我現在覺得就是我的天堂，你知道我早就在地獄裡嗎？」他跪在上帝面前。

「你覺亞當與夏娃的過錯是免得了的嗎？」活像上帝對亞當的笑容。

「是的，亞當與夏娃同我一樣，都是人！」

「死！」簡直是上帝給亞當的判斷！

合同在律師的手中，他在許多律師的面前。

「他要選擇一種死！」

每個律師的眼光都像對他發著聲音。

「死」在許多人嘴裡響著，像在他神經上爬著一樣。

忽然，一個新的力量使他咬緊一下牙齒：

「隨便我用什麼方法死嗎？」

「是的！」活像劊子手的刀光。

「那麼，我要選擇沙美夫人用她美麗的牙齒將我咬死！」他自己都不相信，會用這樣沉毅的態度，這樣堅強的聲音，這樣有力的笑容發出這個不想死的答案。

於是，許多對他發著聲音的眼光，都互相地對語起來。

於是，他被命令退出來了。

於是，許多律師舉行會議了。

於是，沙美夫人又在那魔宮一般的小巧的房間接見他，絲絨的牆仍是絲絨的牆，絲絨的地仍是絲絨的地，絲絨的沙發仍是絲絨的沙發，絲絨的安樂椅仍是絲絨的安樂椅，絲絨的燈光下仍鋪著絲絨桌衣的桌子。

絲絨的沙發上，是穿著絲絨便服的她。

於是，絲絨般的眼光到他身上，絲絨般的聲音進他耳鼓：

「聰敏，是的，然而把死看著天堂的人，為什麼有這個不想死的答案？」

「沒有別的，因為我在愛你……」眼淚與整個的人在她的腳下了。

「你以為我不會執行死刑麼？」絲絨般的笑。

「也許這個死是天堂吧！」

「你是不是不想死？」絲絨般的問。

「同亞當夏娃一樣，我是人！」

「那麼，你活下去吧！難道你不會努力不愛我麼？」

合同早已扯碎，他只是在同以前一樣的受著罪。

於是，他神經又垂崩潰，他又到了病院的床上。

那時，天使般的她又常常到病榻旁去看他，她用各種各樣的態度，服裝，留給他各種各樣的空氣，有時候像雲，有時候像雪；有時候像荷花，有時候像丁香；有時候像鳳凰，有時候像畫眉、白鴿；有時候像夏天的雨，像冬天的太陽，有時候像春天的霧，有時候像秋天的雲霞。

病又好了。但是他以後又將怎麼生活？他從病院再搬到家裡，房間的周圍早就沒有她的影子，她又過她自己的生活去了。他這時又在想知道她的一切：她的蹤跡，她朋友裡的每個人，每個電話的來源，每封信的內容。然而這如何可以呢？

這又深深地增加了他的痛苦。

為破這個痛苦，他決心到遠地旅行去；他攜帶了一切，到地球遙遠的別處去。

是的，言語改變了，服裝、風俗、習慣氣候，一切都改變了，然而地球終歸還是地球；雲是雲，雪是雪，花是花，鳥是鳥，夏天的雨不會是冬天的太陽，春天的霧不會是秋天的雲霞，然而這些，這兒是沒有一個人在注意它們。

因為這裡正在抵抗一種強力的侵略，人人都在進行抗戰。

他被這整個民族的熱力所燃燒，他參加了這個爭鬥。他看到血，看到殘酷的火，看到人們的心。

千萬的人群像是只有一個心靈，它要求自由，要求獨立與光明。這是火，是光，人人都融化在裡面，而他也融化在裡面了。

從此，他再也看不到她的化身。

但是她倒因不知道他的下落。她開始對他關心起來。

於是，忽然有一天，他出現了，他在沙美夫人的面前要一筆巨款。這數目使沙美夫人吃驚了。他似乎已不是過去的他，而在他目光中，她也再不是以前的她了。

她把這款子支付給他，但是她要知道他的用途。

他拿到款子毫不猶豫的又遠行了，如今她知道他是上哪裡去的。她於第二天也搭了飛機跟去。

戰事正在進行。但是她無從找他。最後她知道他在醫院裡，她趕去的時候，他正在手術室，她無法進去。

她看到許多人默默的在外面等著，沒有人對這個具有無比魔力的女神注意。

最後，手術室的門開了，四個人抬著軟床從裡面出來。他被抬進病室。

許多等侯著的人們圍著醫生詢問，但沒有一個人准入病室。

人們留下鮮花，惆悵地散了。

她找了一間病房住下。於是她打聽護士：

「二十四號的病人怎麼樣了？」

「彈片已經取出，但是恐怕……」

「彈片？」

「是的……？」

她睡不著。三天來她都無法睡著。

第四天她好幾次的到二十四號病房探聽去。

一點聲音沒有。

忽然一個斷弦般的咳聲。

她像自己咳出來一般的感到了，她想安慰他，看護他，甚至有許多眼淚等著，要到他面前流。

於是，她哀求二十四號病房門口的護士，她輕輕地躡手躡足地進去。

「啊！是你？」他說，她覺得是神的聲音。

「是的！」她失措地說。

「我算是已越過了亞當夏娃的界限。」簡直是上帝的聲音了。

「你還愛我嗎？」她戰慄地問。

「也許是的！」他說完了微微地呼吸著，忽然又說：

「不過，重要的，還是為……感謝你！」

「那麼……」

但是，他振作了一下，打斷了她的話語，而他自己，也似乎想說什麼而無力再說一樣，他不響了。她不自覺的跪了下去，聽憑眼淚溼透病床的白色被單。

護士來請她出去，她站起，望著病床，緩慢地退到門口。一時間，那火一般的空氣，竟莫明其妙的，把她鍛鍊成絲絨一般的柔弱！

一九三二、一二、三〇、上海。

鳥語

筆名

一

我同作家金鑫認識，是他開始寫作的時候，那時我編《作風》文藝雜誌，他的處女作就是在《作風》上發表的。那是一篇短篇小說，他寄來時還附有一封信，告訴我這是他的處女作，希望我可以告訴他一些不好地方，他可以修改。稿紙寫得很清楚。小說是以茶杯為第一人稱，從那只茶杯的眼光看一對青年夫妻的爭吵。第一節說它在鋪子裡看一對青年夫妻進來買茶具，買好了一套整套的以後，忽然看到它很好玩，太太要買，丈夫嫌貴，不要，這就有了爭吵。第二節說它被買到家去，起初好像隨便放在桌上，後來有人說它是「乾白」開始被珍貴起來，當作陳設品放在一個架子上。第三節以後就是它目光中小夫妻爭爭吵吵的生活，後來因為太太有一天出去了，有個女朋友來看丈夫，丈夫找不到茶碗，就把它洗給那女客倒茶，女客走了，茶碗留在桌上因為它是「乾白」，太太回來了就特別注意，忽然看了茶杯的口紅，又是吵架。如此這般的下來，結局是這隻茶杯被佣人打碎了，那對小夫妻的故事也就沒有下文。

他寫得很俏皮，但枝節的囉嗦地方很多，因為不是一篇結構很嚴密的小說，像日記體一樣，所以我就把囉嗦的地方刪了一些刊載出來，但是我於用後把他的原稿寄還他，因為我想他如果要保存原來的樣子，將來出集子也可以照原稿去排印。他寫了一封信來，很客氣的對我刪改他小說，表示欽佩，說明他是一個業餘的寫作者，而且既沒有文學的修養，也沒有寫作的經驗，要我毫不客氣給他指導。這以後他就不斷的有稿子寄來，我們也常常通信，有的稿子我退還給他，但大部分總是可用的。於是有一天，他來信就叫我約他一個時間，他來看我。我約他星期五下午到編輯部來玩。

那雖是初秋的天氣，但還是很熱，《作風》的編輯室在一個書局的樓上，很小，所以也特別熱，我穿著中國短衫褲，還要開風扇。

金鑫於五點鐘準時到我的地方，我起初總以為他是一個尚在讀書的大學生，但是出我意外，他看來竟有三十多歲，好像比我還大幾歲似的。他穿一身法蘭絨的西裝，打一個很鮮艷的領帶，頭髮光亮平滑，眼睛很大，一面孔是聰敏樣子，但似乎還帶著上海派商人的油俗。他同我拉拉手，我就招呼他坐下，為他倒了一杯茶，我們開始有應酬的談話。我剛站起來想從寫字檯上拿枝香煙敬他，但是他已經從袋裡摸出一隻夾金的講究的煙盒，很快地打開來，遞給我一支上等的香煙，他自己也啣上一支，於是他關上煙盒。我突然看到煙盒上刻著P. C.兩個英文字母，我唸了一遍，P. C.當然不是金鑫，金鑫當然是他的筆名。我拿到香煙，又想到寫字檯去拿洋火，但是他說：

「有火，有火！」於是我看他已從袋裡摸出一個夾金的打火機，「克擦」一聲，跳出一道如豆的燈火，他點了我的煙，又點他自己的，用很自然的小動作，噴出一口煙，手上玩弄著他的打火機，原來打火機上也鏤著P. C.的字母。

天氣很熱。我覺得他法蘭絨的衣裳雖是合於時令，但不合於天氣；於是我請他寬寬上裝，他脫了上裝，放在他左面一把椅子背上，又坐下來同我談話，這次我發現了他領帶上有一個別針，也是鍍金的或是夾金的，上面也有P. C.的字母，而他腰際的皮帶金色的扣子，竟也有P. C.的字母。

P. C.，P. C.，這許多P. C.的刺激，像是什麼廣告，時時看到了那廣告，就想知道怎麼了，到底賣的是什麼藥，我想知道P. C.到底代表哪兩個中國字？

「金鑫先生，」我說：「金鑫當然是先生的筆名……」我沒有說完，他忽然若有所悟的說：

「我姓王。」他說著馬上站起來，去摸他的上裝口袋。

我這時候想到，P. C.雖然不代表他的筆名，而那煙盒、打火機、領帶夾飾、腰帶扣子，這許多金飾，也確代表了他筆名中的四大「金」字。

他從上裝口袋裡摸出一只鹿皮的講究的皮夾，皮夾的四角似也鑲著金飾。於是從面掏出一張名片，我站起來，雙手接了他的名片，我馬上看到名片的金邊。

這張名片非常講究，是金邊的硬卡印著中華書局的仿宋，上面有：「王褒泉，茂成洋行裏理，浙江」以及的一大串地址電話小字，反面是英文，我只看了大字，WILLIAM P. C. WANG。

我不免藉著茂成洋行的招牌談了許多應酬話。

金鑫談話的聲音很響亮，短短的辰光，他已經用了上海話、國語與英文，都說得很純粹。末了，他約我一同去吃飯，我說我沒有空；他於是訂了下一個星期日中午在來喜飯店共飯，我看他很誠懇，也就答應了他。

他同我拉拉手就告辭了。臨行的時候交給我一篇稿子，說也是短篇小說。

這是我們第一次的會面。如果要我坦白地說他給我的印象，我要說不是很好，但也不是很壞，不過總覺得不是同我一個類型的人。可是，他的文章竟也不十分能與他給我的印象相調和似的。文章雖是不深刻也不偉大，也毫無什麼特出的風格，但很俏皮活潑，有他的小聰敏。

但是，當我讀了他留給我的那篇小說以後，我不禁奇怪起來。這是一篇同以前不同的東西。他寫一對貧窮的漁家夫妻，日夜打架，丈夫酗酒，妻有外遇，後忽被夫發現，決定乘機殺妻。一日航海捕魚，夫正計畫如何推妻入海，忽遇風浪，妻為救護船隻，墜入海中，夫竟反而捨身救妻。寫自然之力，寫人類原始的情感，粗獷，暴烈，有生氣，有力量，很不平常。我開始發現金鑫寫這類題材，竟有他獨到之處，閃耀著他特出的才賦。

二

星期日來喜飯店吃飯以後，我回請他一次。從此我們往還就多，慢慢地就熟了，我發現他是一個樂觀愉快直爽的人。他有一輛汽車，自己開的，常常開到我的編輯部送我回家，有時候我們在咖啡店坐一會，有時候我們一同逛商店。許多新書，我因為經濟不裕，想買總是不買，在這樣的情形下，他總買了去，看了以後就借給我，於是我們大家說說對那本書的意見。有時候我也談到他的作品，很坦白說出有些地方太模仿外國某些作家，他也非常接受我的意見。

可是，我們倆雖已很熟，但彼此沒有到對方的家庭去過，也從不談家事。在我，因為我的家實在太小太亂，不適宜招待客人，所以雖然他送我到家，我也從不敢懇切地約他進去坐坐。他是住在貝當路，聽說是一所公寓，連地址我都不十分詳細，我所知道的是他的寫字間，他的寫字間在愛多亞路，很漂亮，我曾經去過兩次，電話往還當然更多。

以後，有一個時期，我因為家庭不睦，心裡很不快樂，所以婉謝了好幾次他的邀請；可是他來看我，一定拉我到咖啡館去談談，到了咖啡店，我就把我的情形告訴他，他非常誠懇的勸我。最後他說：

「對於太太，一定要用兩種政策，一種是愚民，一種是綏靖；前者是一切外間的什麼不給她知道，後者是不時帶她玩玩，送她一點小玩意。如果你當她是你合作者，或者當她是你身邊的鑰匙，那麼你就有許多麻煩。」於是他就說到自己，他說：

「我從不帶我太太赴一切的宴會，一個宴會如果必須帶太太去，我就以太太為主，我就不說一句話，不發一句言論，不談一切的問題，一心一意的為太大服務。平常日子，我太太常在家裡，我在外面的一切從不告訴她；但一星期一次，我帶她出來，一切聽她吩咐，犧牲自己，服侍她一天，這就是我的政策。所以我有很美滿的家庭，從不吵架，從不生氣，她從不給我麻煩，她的朋友都說我是好丈夫，我的朋友都說她是好太太，這都是我處置得法。……」

「你不同，你因為經濟穩定，而且主要的大概還是你們性情融合。」

「性情融合，不可能，不可能；女人根本是另外一種動物，你想同女人談融合，合作，了解，那你自找苦吃，你一定失敗。女人是衣服，太太則是禮服，你要穿的時候，往衣櫥裡拿出來，燙得平平正正，不要觸動她，不要弄髒她，穿在身上，坐著汽車，到應去的地方了，趕快回家，脫下平平正正掛在櫥裡，黃梅時節曬曬刷刷，其餘的時候最好不動她。至於平常要穿的，為保護身體，適應夏暖冬涼的氣候，都不是太太的事情，你到處都可以找適合的女人，是不？」

他的話似乎很輕視女性，我不贊同，但想到妻對我無理取鬧，覺得他說的不見得毫無道理。

後來我們談談又談到寫作，他忽然說：

「我現在對於寫作開始有了真正的興趣，我想寫一篇中篇小說，題材是……」

「你以前寫作，難道都不是為你的興趣？」我打斷他的話問。

「我不過寫得玩玩的。」

「就算玩玩，也是興趣。」我說。

「不瞞你說，我還是為一點稿費。」

「稿費，你難道還靠稿費？」我奇怪了。

「唉！」他說：「我一直羨慕你這種自由職業，收入可以不給太太知道。至於我，薪金、紅利，太太全數曉得，一五一十。我花錢就毫無自由，而且上司是英國人，不時舉行各種party，一定要伴太太出席，太太也借此同那些洋太太交際應酬，樣樣學外國派，作精密的預算，為家庭謀幸福，結果我就毫無幸福可言。說也奇怪，以前我很整飾，講究；現在，我認為頂幸福的是同朋友們坐坐小咖啡座，或者到小舞場去跳幾支舞。我覺得同那些隨隨便便的舞女談談，都比那些洋派的太太小姐在一起有味道。因此我必須有額外的收入。」

「那麼。你寫文章，你太太不知道？」

「啊，這怎麼可以讓她知道。」他說：「因此我不敢請你到我家去。今天你談到你的事情。我所以也直率的告訴你，隔天請你到我家裡便飯，她很喜歡朋友，但你千萬同她多談話，同我談話最好談談外國的風景，或者是生意，千萬不要談到文章什麼。」

……

自從那天同金鑫談話以後，我開始覺得他是一個很特別的人。

沒有隔多少日子，果然，他打電話給我，說他太太非常歡迎我到他家裡去吃飯，約定了第二天五點鐘來接我。

於是第三天，我也換了乾淨的西裝，打上領帶，修修頭髮與鬍鬚。金鑫於五時十分到我的地方，他一進門就說：

「真對不起，昨天電話裡忘記約你太太。」

「你還那麼客氣幹麼？」我說。

「你頂好打個電話回去，我們馬上去接她去。」

「這多麻煩，家裡有小孩。不用了，不用了。」他忽然笑了，他說：

「其實我不是沒有想到你太太，倒是我覺得讓她們碰見了，以後一定會使我們多麻煩的。」

「那你又何必客氣。」我也笑著說，拿起帽子同他一同出來。

跳進他的車子，他忽然說：

「我可以求你一件事情麼？」

「什麼？」

「假如我太太問起來，你說你還沒有結婚好麼？」

「怎麼？」

「如果她知道你有太太，我請了你沒有請你太太；或者我請了你太太，而你沒有陪來；這就表示了我們男人不夠是好丈夫。」

「遵命遵命。」我開玩笑地說：「做好丈夫也實在不容易！」

三

金鑫的家是一個講究的公寓，寬敞華麗，空氣好，陽光多，窗口一望是綠色的草地與青翠的樹木，房間有四間，布置得很雅潔，一切摩登的設備，無線電、鋼琴、冰箱、……都非常講究新穎。他介紹了他的太太，同他唯一的女孩子咪咪。

王太太穿一套西裝，上面是檸檬黃的上身，露著潔白的襯衫，下面是一條別致的花裙，身材很好。我們在會客室坐下，我看到她的臉，是一個日本式的臉蛋，眉清目秀，左頰上有一個可愛的笑渦，使她呆板的臉型有許多變化。咪咪也是穿著西裝，紅絨繩紮著二角辮子，圓圓的臉兒，眼睛與嘴都像她的母親，兩頰都有笑渦，似乎比她母親還有趣。她對我笑了笑，馬上含羞地縮了回去。

金鑫於是說他太太是我的讀者，說她是燕京大學西洋文學系畢業的，要不是嫁給他，也許也可以寫些東西。我說：

「能創造這樣美麗聰敏的孩子，當然比一切藝術的創作要偉大了。」

於是他太太的臉上露出可愛的笑容，接著就同我談到文藝，談到我的小說，又談到《作風》文藝雜誌裡的作品，她似乎都是看過的。

金鑫忽然說：

「我對於文藝外行，你們談一談。」

他走進去許多辰光，後來才知道他在洗澡。

王太太一直同我在談話，她談到中國文藝作品的貧乏，作家生命的短促，於是談到了新作家。她說：

「在《作風》上寫稿的叫做金鑫的是誰？不像是老作家的筆名。」

「是一個新進作家。」

「你認識他麼？」

「見過兩次。」

「我倒覺得他很有希望。」

「很有他自己的風格。」我說：「他說現在正要寫一篇中篇。」

說到這個時候，金鑫出來了。

「你在幹麼？」太太問。

「我去洗一個澡。」

「你看，客人在這裡，你去洗澡。」

「你們文學家談話，我又插不進。好在有你這樣好太太，在為我招待客人。」他說。

我於是客氣一番。我說：

「我們也算是熟朋友了。當然不必客氣。」

飯開好，我們就走進餐室吃飯，太太馬上開了無線電，響起了幽雅的音樂；這像是她習慣了的電臺，用不著多找就尋到西洋的古典作品唱片的播送。桌上，檯布小菜，乾乾淨淨；佣人彬彬有禮；孩子規規矩矩。飯桌原是最敏感的反映太太格局的地方。這是一張長方形的西菜桌，我們四個人坐在中間的一段，金鑫同我坐在一邊，他太太與小姐坐在對面，中間是四碟兩碗一湯的小菜，兩只磨料的花瓶就放在菜碟的兩端，一瓶是康乃馨，一瓶是夜來香。我們把菜肴從中間的碗碟裡分到每人面前的空碗與空碟。於是在空杯前，金鑫問我喝什麼酒。我看到前面酒桌上酒瓶很多，我認得的可不多，我就要了一點法國紅酒，金鑫則喝了一點白蘭地，我們大家祝福他的太太。酒後飯罷，佣人撤去了菜肴碗碟，換上了一個大玻璃缸的水果，分置了空碟、洋刀與手巾，於是又端上了咖啡。

這空氣端莊寧靜潔淨與溫暖，有這樣的家庭，這樣的太太，而我們的俏皮作家竟沒有感到幸福，這真是常人所不解的。

咖啡完後，我們到客廳就座。太太叫咪咪奏一曲鋼琴，那個八九歲的小姑娘眼睛斜睨我一眼，露出兩顆笑渦，奔到鋼琴上去，她奏了一曲短短民歌，我們大家鼓掌。於是金鑫開始介紹他太太是一個鋼琴家，接著惋惜地說：

「要是沒有嫁給我，她一定有了不得的成就了。」

我得到金鑫的暗示，趕快表示熱情的神情，請求他太太奏一曲，給我們一點恩寵。

於是太太就露著左頰的一顆笑渦，向我點點頭，去奏鋼琴。金鑫趕快走過去，站在鋼琴的左首，非常小心的注視太太的手指。於是琴聲響處，她臉上有微妙的表情。是一曲蕭邦的作品吧，奏完了我趕緊鼓掌，咪咪也鼓起小手，金鑫則鼓得最響，又大聲地叫encore。

於是又是琴聲，又是鼓掌。金鑫最後侍候他太太坐到沙發上，他拿香煙給太太，又為她點火。於是用似乎不讓他太太聽見，又故意給他太太聽見的聲音，同我說：

「她對於藝術都有天分，就因為結了婚，所以沒有機會發展，這真是可惜！」

「但是創造一個美麗和諧的家庭也就是一種藝術。」我說著了有一個短短的靜默。我看看手錶，已經不早，趕快起來告辭。

太太小姐臉上都浮著笑渦送我。金鑫同我緊緊地握手。

走到街頭，我仰望這個美麗家庭的窗戶，柔和的燈光同其餘的窗戶所透露的沒有兩樣。而每個窗戶裡似乎都有不同的內幕的，我想。

天陰沉，一陣風，樹葉蕭蕭，好像有細雨下來。已經快到重陽了，我想到。

四

金鑫的中篇小說已經在開始寫了，但是他說他沒有時間也沒有地方進行他的寫作。

「這樣舒服美麗和諧的家庭，還說沒有地方。」我說。

「沒有自由，沒有自由！」他說：「有的家庭是牢獄，我的家庭是舞臺，回家等於登臺演戲，劇本就是舒服美麗和諧的家庭，我的角色是好丈夫，好父親，好男子，家庭的東西用具都是道具，每一個拿動都是劇本規定的，吃飯是劇本規定的，走路是劇本所規定的，睡眠也是劇本所規定的。」

「我想生活有規律才不會感到空虛。」

「天曉得！」他說：「現在我從寫作上的確得到一點充實，但是我沒有地方寫作，也沒有時間寫作。」

「我想比方你把你的寫作生涯告訴你的太太呢？」

「那麼，她一定要為我規定時間，每天兩小時把我關於房裡，回絕了每個電話……而控制了我的稿費與版稅。」

「那麼比方星期日。」

「星期日？」他說：「那是我最受罪的日子，我在舞臺上要待二十四個小時。」但是忽然他又說：

「這個星期日，啊，我太太要你去吃飯，我想借故一個人出來，到寫字間去寫點東西，你肯多陪她一會兒麼？或者請她聽一個音樂會，看一場電影。」

我考慮了一下，我說：

「這樣你以為你太太願意嗎？」

「我要開始使她的生活有點變化，我也可以寫作。」他說：「我不寫作的時候，生活倒是很好，一星期上一次舞臺，平常晚一點回去，到朋友地方或舞場坐坐，精神上很舒服，現在要寫作，這就糟了。」

「那麼你何必寫作？」我說。

「我不是告訴你，我當初不過是為一點零花的錢。我不能經常的靠朋友請客，是不是？但如今竟對寫作發生了興趣，這就發生了問題。」

「那麼，好，我幫你試一次看。」我說。

實際上我現在覺得金鑫是一個可愛與有趣的人物了。他的整飭的打扮，成套的P. C.商標的道具，好像完全是舞臺上的服裝，在他的個性中，只認為這是演這個角色必須這樣穿戴就是。

那麼是不是他太太逼著他要這樣穿那樣吃呢？這在我於星期日同他太太單獨過大半天以後，覺得事實上也不盡然。

星期日，我到他家的時候，金鑫已經出去。王太太說，他是去找一個熟悉的醫生，以後大概要去理髮，還有一個應酬，金鑫說昨天通知過你，你大概已經知道，好在是老朋友，像在自己家裡一樣，不要客氣。

於是我問到她的女兒，她告訴我由佣人陪著到公園了。

客廳收拾得很乾淨，清靜非凡，秋天可愛的陽光從窗口照進來，更覺得這間客廳的布置完美無缺，倒茶來的大概是廚房裡的女佣，我上次沒有見過。以後房間裡就是我同金鑫太太兩個人。我說：

「王太太，你的家庭是我朋友裡最美麗與幸福的。」

「我想知足就是美麗與幸福。」王太太嘴角一笑，左頰上露出一個笑渦，眼睛向我一閃，輕輕地說。

她這個表情，是我上次所沒有看見過的，很新鮮。她的話似乎也正表示她不是一個古板的人，表示她心裡有不滿足的地方。

「王先生的確是一個最好的丈夫。」

「他的確很好。」她又是同剛才一樣的表情，輕輕地說：「當然，世上沒有十全十美的人。」

「啊，」我說：「像他這樣總算是十全十美。」

「這很難講，」她說：「夫妻似乎需要性情相投，我們就缺少這一點。」

「怎麼？」

「你知道他是一個很整飭規矩刻板的人，他沒有一點點藝術的情趣。」

「我覺得他很有藝術的情趣，但也許程度上因為你對於文藝，對於音樂有特別修養，所以覺得他似乎不夠一點。」

「不過他倒是知道尊敬藝術，雖然他一點不能夠欣賞與體驗。」

「或者因為他工作上太忙。」

「他根本沒有興趣。」她說：「比方說，最近你們《作風》上那篇金鑫所寫關於騎馬打獵的小說，我讀了很喜歡，給他看，他放在一邊，一無興趣。

「但是比方你那天晚上奏那曲蕭邦，他不是也很能欣賞？」

「這不過是他的習慣，他知道一些給人家舒服的禮貌，這所以他在外面人人喜歡他，但是夫妻，每天在一起，光是表面上禮貌是不夠的。」

「這當然很對，」我說：「但是要兩個人生活情趣，藝術感覺都相同，這是不容易的。」

「然而這是很重要，不然這個家庭就變成非常空虛。」她說：「比方我，我有時候感到非常寂寞，寂寞的時候就只好自己一個人彈彈琴，但是演奏的藝術只是一種抒泄，不能積聚。所以有時候我也寫寫詩。」

「你也寫詩？」我說：「王先生可從來沒有告訴過我。」

「他不知道。我也不讓他知道。我希望你也不要告訴他。」她說：「我沒有告訴過人，因為你是詩人，所以不知不覺同你談起來。」

「可以給我拜讀拜讀麼？」我說。

「回頭我讓你帶去看看吧。」她又是嘴角一笑，左頰上露一顆笑渦，眼睛一動，於是很羞澀地說：「我正要請你指教。」忽然，她又豎起眼睛，很嚴肅地說：「你上次那首〈輕夢〉，在《作風》上發表的，我很喜歡。」

「請你指教。」

「那不敢當。我不過隨便說說。」她又低下眼睛說：「你以前的詩似乎太用力寫，我不很喜歡，現在你寫得非常自然。許多人說你的詩是浪漫派，實則我覺得有些非常象徵，有些近於印象派的。」

「其實我只是隨便憑情感與感覺寫來，沒有意識到想走什麼路。」我說。

我們的談話似乎很投機，所以慢慢就不覺得再有陌生的拘束，忽然，不知怎麼，她問我：

「金鑫是什麼樣一個人？」我愣了一下，但馬上瞎扯似的說：

「三十歲左右，很⋯很秀氣。」

「這個人真聰敏。」

「似乎寫得不夠深刻，是不？」

「我想他一定是一個生氣勃勃很樂觀年輕的人，深刻的作品常常出於，啊，你不要生氣，比方你的作品，使我想到你一定有一個悲觀的，陰沉的神祕的個性。」

「你以為我是這樣一個個性麼？」

「大概相差不多。」她笑了笑，忽然她說：「你看，我這裡沒有可以談談的朋友，往還的都是他的朋友以及他們的太太，還有許多一面孔優越感的外國商人與老太婆，但又不得不敷衍應酬，我很希望這裡多有一些弄藝術的朋友來談談。」

她的話說得很聰敏，那麼她的意思是不是要我介紹金鑫這樣生氣勃勃樂觀的年輕作者到這裡來敘敘呢？──主要的，難道是金鑫？

金鑫既然不願意讓她知道筆名，所以我無法迎合她的興趣。但是我用婉轉的話說：

「哪一天我替你介紹一些朋友。有時候總因為偷懶，許多朋友也不容易的約敘，金鑫聽說要到華北去，不知道走了沒有。」

「上次你不說他在寫一個中篇小說麼？」她說：「不知道寫好沒有。」

「誰知道他。」我說：「這個人太活潑，好像他對於網球、游泳、跳舞、騎馬、打獵、駕車，什麼都有興趣似的。」

「一定是很有趣的人。」

「大概身體很好，家裡有錢。奇怪，竟會喜歡寫小說。」

「很有希望。」

「我想人聰敏，看什麼都容易；但要藝術上有什麼大成就，這很難說。」

「這當然還要好好努力。」

「對於藝術，似乎靠奉獻，有無限無限的奉獻與犧牲，方才可以有點真正的成就。金鑫似乎不像是真正愛藝術的人。」

「這就要藝術的空氣與環境，一個人受空氣與環境的影響常常是很大的。」她說：「所以朋友也是很重要的成分。」

我點點頭，這時候外面電鈴響了。她站起來說：

「大概咪咪回來了」

果然，隔不多久，女佣帶著咪咪的玩具，伴著咪咪進來。她先同媽媽親熱一下，望望我，於是王太太叫她同我握手，叫我uncle，最後又吩咐她去洗手，去吩咐佣人開飯。

原來中午了，客廳裡的陽光已經都退出去了。

五

飯後，我遵照金鑫的咐囑，請他太太同孩子聽音樂會去。但是王太太告訴我咪咪要午睡，她呢，想同一個女朋友去買點東西。所以我就告辭出來，她忽然交給我一個紙包。

我竟忘了，這是她的詩稿。她說：

「你讀了，千萬不要客氣，給我一點意見。」

等我走到門口，她又叮嚀我不要讓P. C.知道，又叫我看完了可以在P. C.辦公的時間送還給她。她於上午總是在家的。

是這樣的關係，使我與王太太有個別的交往。我沒有把她的詩告訴金鑫，正如我不把金鑫的小說告訴她一樣。我是一個編輯，為作家，我有保守他們祕密的責任。

王太太的名字，我不知道，但是從她的詩稿上我看到是：「鄺映秀」，「鄺」當然是她自己的姓氏，詩稿上還寫著她的英文名字Diana Y. S. Kwang。

這是一本很講究的洋式的厚厚的簿子，精雅地抄寫的詩稿。對這樣的稿子，老實說，我不會說有什麼信心。但是奇怪，我竟很仔細的很有興趣的一口氣把它讀完了。而且有幾首，還讀了三四遍。

與其說是她的詩好，毋寧說是她的感情真實。她的詩同她的人竟完全的不同。這樣講究的簿子，這精雅的抄寫也許正是代表她人的外表，她的詩也許正代表她的靈魂，二者有奇怪的矛盾。他的詩幾乎篇篇都是一種不可抑壓的內心的哀呼，焦灼、飢渴、煩躁，有時像火一般的要跳出來，有時候像蒸氣一般要沖出來，但是她似乎有無比的力量在鎮壓，在克制，在征服。文字的表現能力也不壞，有幾首似乎稍差，有幾首嵌著英文字，讀起來我覺得很不舒服。

我於星期四上午到她家去，把詩稿還她，告訴她我一些讀後的意見，最後我要求抄一些在《作風》上發表。她說她不過是自己寫得玩的，一點沒有發表的意思，但我要發表也無所謂，不過第一、要用一個筆名；第二、對任何人不許說是她寫的；第三、絕對不能給P. C.知道她在寫詩。我一一接受。我說編輯之於作家的祕密，等於神父對於罪人的祕密，等於律師對於當事人的祕密，也等於醫生對病人的祕密，請她完全放心。於是她答應我抄好了就寄給我。

從此《作風》上就時常有我們女詩人的作品了，她的筆名叫做「越亮」，她的詩同金鑫的小說同樣的引起了讀者與文壇的注意。問起我的人很多，還使我初次感到了為人家保守祕密，原來是一件這樣痛苦的事情。

日子過得很快，草已黃枯，樹葉已禿；一陣風，一陣雨，天氣涼下來，陽光顯得分外可愛；我的兩個朋友對我的友誼也越來越密切。沒有再比負擔一個朋友的祕密可更加使你朋友敬你信你了，我就是這樣交到了兩個朋友。如今我發現，那兩個朋友，同我單獨在一起的時候都是自然活潑的，而同時在一起的時候，則都是拘謹做作的，而他們竟是一對受大家羨慕的幸福的夫妻。

是不是我把兩方的祕密彼此揭穿了，可使他們更加幸福呢？這是常常擱在心裡的問題。女詩人越亮的出現，詩作的發表對於映秀的心境似乎有很大的影響。不但促進她寫詩的熱誠與進步，而且她在受人注意中獲得自信。她忽然不喜歡詩稿中的許多詩篇，而寄我許多她的新作。

這個美麗的家庭開始有了變化，越亮現在希望多有自己一個人的時間，金鑫也獲得更多的自由。他現在常常一個人在咖啡館中寫他的中篇，星期日上午他已經可已經常的不在家裡。但是，忽然一件可怕的事情發生了，外面謠傳著我與越亮在戀愛。小報上竟說越亮是姓鄭的，剛剛從國外回來，她的許多詩都是寄給我的。又說是一個富有的華僑小姐，慕我的名來同我做朋友，我因貪圖她的錢與美貌，所以就極力追求。諸如此類，弄得我非常不安。反應最大的當然是我太太，我們的感情本來已經無法收拾，經此一來，我們似乎只有離婚可以解決，我很痛苦，我同金鑫談到了這件事情。他說：

「我不反對離婚，但如果你離婚了，還想結婚，我勸你千萬不要離婚。你不要以為越亮的詩好，又年輕，又有錢，做了太太，這些都不是你的，屬於你的不過是一個管教你的母親。」

「你難道也以為我在愛越亮嗎？」

「外面都那麼說。」

「我老實可以告訴你，越亮可以說根本沒有這個人。」

「沒有這個人？」他狡猾地笑了：「難道這些詩是你自己寫的？」

「雖然不是我寫，但譬如是一個男人寫的，這不是等於沒有這個人麼？」

「男人寫的？但是這是女人的作品。」

「我不瞞你說，這是一個遠在別處的朋友的太太寫的。」

「太太要是寫這樣的詩，也一定是離了婚的太太了。」他竟大笑起來。

我無法再說下去。他對我不但不能了解，還無法給我同情。

在這些謠言之中，我一直沒有去看越亮，但有一天，我忽然接到她一封信，她叫我於星期五上午去看她。

不知怎麼，我於星期四就不安起來，星期五我在到她家去的路上就一直心跳。到了她家，佣人來開門，我走進客廳，等了許多工夫，越亮方才出來。她打扮得同平常不同，態度也完全兩樣，很莊嚴的坐下來，吸起一支煙，於是說：

「外面這些謠言怎麼回事？」

「我也不知道，」我幽默地說：「還是你的詩寫得太好的緣故。」

她忽然冷笑一聲，似乎開玩笑，似乎認真似的說：

「你不要自作多情，以為這些詩是為你寫的。」

「你難道以為這些謠言是我放的？」我說：「我難道是這樣無聊的人麼？」

她忽然沉默了，半晌，忽然她眼角流下了眼淚。

我不知道怎麼才好，最後我說：「這謠言真是弄得我沒有辦法，我太太……」忽然我想到她並不知道我有太太的，馬上改正了說：「假如有一個太太，怕因此要鬧離婚了。」

她沒有理我，隔了許久，忽然站起來說：

「我希望我也可以離婚！」

六

天氣已經冷起來的時候，金鑫的中篇小說脫稿了。他很高興的把原稿交我，我們約定是在新年號的《作風》開始登載的。他要我先讀一遍，給他一點意見。

小說的名字叫〈岐火〉，故事是說一個年輕的水手，於船舶黃浦江的一個夜裡，看到一個女人投江自殺，他就把她救了上來。這女人比那水手大十來歲，但長得很美。她是一個寡婦，丈夫死後，唯一的兒子又死了，後來又被一個情人所棄，所以她不想偷生。她遇救後，看到這個水手很挺秀健康，就愛上了他，他也喜歡她。兩個人就很快活的住在一起。但是這水手不願用她的錢，他時時都到海上船上去工作，可是情欲上竟無法離她，心裡很痛苦。女的佔有了他，但在她所需要交際應酬的社會中，他變成非常愚蠢，他的知識舉動使別人看不起她們，所以她也頗有隱痛。於是她就背著水手同別人到外面交際，而她心中所愛的，肉體所需要的，則還是這個水手。這當然無法得她的情夫了解與原諒的。他就偷偷地離開了她又去做水手了。他走開以後，她想他，愛他，恨他，她到處找他，時時到碼頭去打聽期待，最後她找到了他。他在她那裡又就待了幾天，這次可決心不多待留，他要在船開的時候跟著船走，她百般挽留，沒有結果。末了，於他要出發的頭夜，她把他殺了，滿足她奇怪的占有的欲望。

這篇小說使我十分驚異，整個地從小說藝術講，它並不十分完整，但無疑地這是一本出色的作品，不庸俗，不落窠臼，新鮮，有力。有些地方的描寫與想像很可見到金鑫特殊的天賦。他寫富有的寡婦的火一般的欲，青年的水手愛好海洋與自由的天空，點染得有聲有色。他寫到酒綠燈紅的場合，青年的窘狀與內心的厭憎，似乎稍差；但當他一看到天空與星星，想到海上的風浪與聲音，就非常得力。而他在得力的地方寫得很詳盡，不得力的地方則流於簡略，這是他唯一的缺點，全篇結構稍嫌鬆懈，而人物則可喚之而出。

這篇小說一共有十一萬字，我於《作風》新年號刊登了三萬字，二月號刊登了一萬字，馬上掀起了整個文壇與社會的注意。讀者不斷的來信，朋友們都詢問金鑫到底是誰；而許多衛道的批評界，則訾議金鑫的作品有誨淫的成分；婦女道德會的會刊認為那篇中篇小說裡對於女主角的描寫有故意侮辱女性的企圖；許多說他好的，認為他暴露了有錢階級婦女的罪惡；說他壞的，認為是其中含有可怕的毒素。其實這都沒有批評到金鑫文藝上的成就與失敗。映秀對這篇〈岐火〉傾折非凡，她好幾次要我把全部原稿先借她看看，但金鑫的字跡當然是她所熟悉的，我所以敷衍著沒有給她。

等到第三次發表的時候，大概她讀到了一篇抨擊金鑫小說裡毒素的文章，她竟寫了一篇關於藝術品毒素論文。這篇文章寫得很結實。她引證了文學史上許多曾被當時認為有毒素的作品，她提到了左拉自然主義之受抨擊，例舉了福樓拜包法利夫人當時之被訾議，以及繪畫界米勒之被鄙視，文化史藹利斯之檢舉……。於是她談到藝術中的毒素問題，正如食物上醫藥上的毒素一樣，過量的維他命有害於身體，太多的肉食於身體也有害，而許多毒物譬如砒質，就可以是一個重要的補劑。接著她又談到一切現在認為有益的，可能將來發覺有害，而現在認為有害的將來可能認為有益，譬如菠菜，當初認為富於鐵質，現在則認識它要吸收太多人體中的素質。她又說到一切於甲有害的，常於乙有益；於甲有益的，也可能於乙有害。智慧上與生理上一樣，成人的讀物本不是兒童所應讀的。道德的教訓，教條的注射，常常得相反的效果。性教育如沒有健全的建立，一切社會上的現象，甚至是正常家庭的生活，都可引起兒童與青年不正當的空想。最後她說到沒有健全批評力的人，讀書本來就需要人指導，等於沒有健全的消化力的人，食物要醫生指導一樣；末了她又引用了辯證法上沒有絕對只有相對，以及什麼有毒，矛盾的統一……等話作為結束。

這是一篇兩萬字的論文，我可在她的客廳一口氣讀完了。映秀的詩才我雖很熟稔，對於她的學力與思想，我還第一次見到，她的確很使我驚奇，她問我是不是喜歡在《作風》中發表，我說：

「當然，這正是《作風》的希望——有人為金鑫說句公平話。」

「但是我想換一個筆名。」

「不要，不要，」我說：「我是編輯，我要讀者曉得這是我們女詩人藝術的見地。」

她笑了笑，露出左頰上一顆明亮的笑渦，顯得非常的溫柔。

後來我告辭出來，重新讀她那篇論文，發覺它實在不像是映秀所寫的，冷靜、淵博、精闢。如果她是以這方面的個性來做太太的話，那難怪作家金鑫般的丈夫要感到不自由，而洋行裏理王褒泉般的丈夫要覺得沒有錢花了。

七

越亮的那篇文章與〈岐火〉的最後幾章同時發表。發表後，想不到竟生出一種非常意外的後果。

金鑫斷定那篇文章是我寫的。我寫，而可以用越亮的名字，足見越亮同我的關係。文藝界中的朋友則有相反的推論，覺得這篇文章決不是女詩人越亮的手筆，但不是她寫而能用她的筆名，當然是謠傳著追戀她的我；我為什麼寫這篇文章呢，因為金鑫是《作風》的作家，是我的好朋友，為避免朋友互相標榜之嫌，所以借用一個女作家的筆名。小報上於是就出現了這類的文字。

為避免麻煩，我已久久不去看越亮。接著《岐火》單行本出版了。忽然有一天，越亮來了電話，叫我於第二天上午去看她。

那已經是有點春意的時節，陽光很好，沒有風。我坐電車去，從站上下來，又走了一段路。一路上一直想，越亮也許要提到外面對於那面文章的種種誣斷了。當時她本主張用另一個筆名，是我主張仍用越亮的，所以她很有理由把這件事情來怪我。我設想她上一次的態度與我應當對付她的態度。

但是，我到了她那裡，她自己來開門，很平和地歡迎我。我一面脫大衣一面說：

「今天春意已經很濃，你還攏著爐子？」

「在家裡不動，還是很冷。」她說：「《岐火》出版了，你不帶一本給我？」

「啊，我帶來了。」我說著從大衣口袋裡摸出一本《岐火》給她。

她接了過去，沒有瞥一眼，一面伴我走進客廳，一面說：

「我已經買了一本，看過。」

「你對金鑫倒真是喜歡。」

她不響，伴我在客廳裡坐下，她忽然說：

「我可決定要離婚了。」

「怎麼？」我說：「你們也吵架了？為什麼事？」

「沒有，沒有，我們從來不吵架。」她正經地說：「我覺得我對不起P. C.，他這樣好，而我竟愛上了別人。」

「誰還值得你愛？」我說。

「我在愛金鑫。」她說。

「你見過他？」

「沒有，」她說：「但是我愛他，很早就愛他，我的詩都是對他的想像與熱情。」

「哪有這種事情？」我笑著站起來拿支煙抽，我說：「你沒有見過那個人，怎麼可以說發生愛情。」

「但是我有一個想像中的他。」她說：「在我的腦子裡，在我的心上，在我的夢中……」她忽然頹喪地說：「奇怪，我自己也不知道，我對於P. C.，竟覺得有點可憎，我不願親近他。」

「這什麼話？」我幽默地說：「假如真是這樣，金鑫的作品倒真是有可怕的毒素了。」

「不，不，」她說：「這因為我對於P. C.根本就沒有愛，我們倆完全不同，但是我始終沒有接觸過可以使我發生愛情的男子，所以一直公式般的過著日子。如今我發現了我的對象，我對他發生了我從未啟發的情苗，我覺得同P. C.一起，反而對不起P. C.……」

「但是你沒有見過金鑫，」我說：「假如他是一個七十歲的老頭子，假如他是一面孔麻子，假如他是一個殘廢，假如他……」我坐下來平心靜氣的同她講，但是她不等我說完，微笑著搖頭說：「我從文章想到人，決不會相差那麼遠的。譬如你，我在見你以前，就想到你是這樣一個人。」

「不要那麼自信。」我說：

「但不管怎麼，」她說：「今天我找你來，就是要你替我介紹金鑫，如果他不合於我的想像，我也可以死心，如果他合於我的想像，那末……」

「那麼你離婚。」我接著她的話說：「叫我來破壞你們美麗的幸福的家庭！這樣的事情我可不幹。」

「美麗，幸福，沒有愛情的家庭還會美麗幸福嗎？」她微喟著說：「現在我很不喜歡他早回來，也不願意同他一同出去，我更不願意他同我親近，愛是沒有法子勉強。」

「假如金鑫也不過是這樣的一個男子？」

「即使金鑫像你所說的一個七十歲的老頭子，一面孔麻子……」她說：「我雖然也許不會愛金鑫，但是同P. C.總是完了。你知道，女子的心，不容易變，但一變就不會回頭的。」

「可怕的女人心！」我幽默地說。但是她沒有理我，她說她的話：

「所以你可以不必害怕，儘管同我介紹。」

「無論如何這是一件大事，至少應當讓我考慮考慮。」我說。

越亮沒有再說下去，我坐了一會就告辭了，臨別的時候她說：

「我希望你一星期給我答覆。」

我點點頭，但是我心裡有說不出奇怪渺茫而滑稽的感覺。

八

我所謂考慮，實際上我是想同金鑫談談的。

我找了一個清靜的地方，開始對金鑫說：

「你知道你太太在愛一個很奇怪的人麼？」

萬想不到金鑫忽然笑了笑說：

「你是不是說她在愛你？」這句話使我很生氣，我說：

「這是什麼話？」

「我知道除了你以外，她是沒有別的男朋友的。」金鑫仍是大大方方地說：「而她對你始終有一個很好的印象。」

「老實告訴你，」我說：「她愛的是你。」

金鑫一時似乎繞不過來，但忽然大悟似的大笑著說：

「你介紹一個什麼人冒充了金鑫？」

「我沒有，」我說：「但是她在想像之中竟出現了一個金鑫。」

「真的？」金鑫興奮地勝利地張大了眼睛問我。但是我非常冷靜，我說：

「她叫我介紹，我想把你告訴她算了。」

「不能，不能。」金鑫著急地說：「你如果還期望我寫點東西，你決不能這樣做；你告訴她，是謀害我寫作的生命。」

「這怎麼講？」我說。

「我好容易有點自由！」他說：「不瞞你說，我很希望她少愛我一點。假如她一直有幾個男朋友，我一定會多愛她一點。」

「那麼叫我怎麼同她說呢？」

「你什麼話都可以說，你可以說金鑫到天津去了，你可以說金鑫出國了，你也可以說金鑫死了。」

我點點頭。

「你可千萬不要告訴她金鑫是我。」金鑫忽然嚴肅說：「否則我只能認為你忌妒我的成就，所以你要破壞我寫作的前途。」

我沉默了，點點頭。

……

這樣，我別了金鑫以後就寫了一封信給他太太。我說，金鑫同她一樣，有一個家。他有一個美麗的太太，一個可愛的孩子。我同金鑫談起了這事，他太太竟不許金鑫接受我的介紹。我已經被她責問了一場，她說我破壞她同金鑫的愛情。我說別人也不過喜歡金鑫的作品，所以要我介紹，也不見得就把他搶走。她說如果金鑫接受這個介紹，她就同他分離。而金鑫雖然是一個剛強的男人，但對他的太太竟溫柔懦弱，一點沒有他小說中粗獷之氣……如此這般，我撤了一個大謊，信不信自然只好由她。

這封信並沒有回信，從此消息杳然，詩也沒有寄來，我自然也不敢再去拜訪她了。

天氣一點一點暖和起來，草地已青，街樹已綠，花一種一種前前後後的開，金鑫現在也很少來，我寫信問他要稿子，他打電話來，說他正計畫寫另外一個長篇，寫好後就給我看。

一直到春天已快過去的時候，金鑫忽然來看我了。他竟變了許多。以前他總是衣冠楚楚，頭髮很光，鬍鬚刮得很淨，這一次他頭髮很隨便，臉上似已有三四天沒有刮鬍鬚。穿一件灰色羊毛背心，襯衫倒還是很潔淨，但沒有打領帶。羊毛背心垂到腰下，我不知道他是否還用著有P. C.商標的腰帶。袋裡掏出香煙，是紙包駱駝牌，但是打火的時候，則還是那只夾金的鏤著P. C.商標的打火機。

我愣了一下，覺得很奇怪。

「怎麼？」他說：「你覺得我變了？」

「自然。」我笑著說：「你自己當然比我還清楚。」

「我只是不演戲了。」他說：「現在我發覺我在公司裡也是演戲，同我在家庭裡一樣。演完日場，又演夜場。現在我已經擺脫了日場，我辭職了。」

「辭職？」我說：「洋行襄理的位子？」

「怎麼？」他笑了笑：「你可惜？」

「自然，這年頭。」我說。

「太妨礙我的寫作！」他停了一會，又說：「我想預支一筆版稅。」

「怎麼？你還要預支版稅？」我說。

「你不知道，太太還不曉得我辭職。我在國際飯店開了個房間，在寫東西。」他說。

「我想你的書賣得差不多，應當不能說是預支，不過結賬的時間還沒有到，回頭我替你問經理去支去，你明天來拿好了。」

「明天我也是這個時候來，我請你去吃飯。」

我還沒有回答，他大概看我房中還有些客人要招呼，所以揚身就走了。

第二天我為他支了一筆版稅，下午他很早就來了。他在旁邊坐著，耐心地等著我發了一些稿子。於是我們就出來，他駕著車子，沒有說話。

「我們到那裡去？」我問。

「飛亞克。」

「這麼貴族的地方！」

他不響，一直駕著車子。我覺得他今天神情有點異樣，是不是他有特別的話語要同我談？或者有什麼特別的事情要托我。

飛亞克在霞飛路，是一個很精緻的俄國菜館，裡面客人不多，我們有很清靜的環境。點好茶，我問：

「你太太怎樣？」

「講好了，」他說：「大家分居。我告訴她我，反正不預備結婚，她要離婚，我隨時都答應，現在還由我規她家用。」於是我問他：

「你太太呢？她怎麼樣？」

「現在非常好，」金鑫微笑著說：「她交了好些年輕的男朋友，常常在外面玩，所以她不再麻煩我，我可以好好寫作了。」

「那麼你不是可以在家裡寫，開什麼房間？」

「她不知道我辭職，我每天還要照舊的出來。」

「我真不懂，」我說：「現在我以為你可以把你寫作的事情告訴她了。」

「我不是告訴你，告訴了她我就不會再有寫作的生命了。」

「她也不是一個不了解藝術的人。」

「啊，你倒是很喜歡她的。」他笑了笑，忽然說：「一見面怎麼老是談太太？今天我要同你談談我在寫的那篇小說。」

「怎麼，你已經寫好了？」

「沒有，」他說：「我是寫一個海邊漁村的居民，那裡大家都以捕魚為業。捕魚本是危險浪漫辛苦的事情，而最危險的是他們一年一季去捕鯊魚。我寫其中一個家庭，有兩個兒子，哥哥在捕鯊魚時死了。因此父親一直不讓小兒子再去參加捕鯊魚。這小兒子有一個情人，兩個人非常相愛，就預備結婚了。但漁村裡別的女孩子，對於她的情人不敢參加捕鯊魚，很引以為恥。好像還沒有參加捕鯊魚的男人，都還是小孩子，沒有資格談到戀愛結婚的。女的於是鼓勵自己情人去參加，而他的父母則極力反對。他們覺得只有一個兒子，好在家裡經他們一生的努力，還有一點小積蓄，如果不浪費，小兒子一輩子不去捕鯊魚也沒有關係。但是那個女孩子竟把許多人的輕看告訴了她的情人，最後她甚至哭了，說他不去參加捕鯊魚，他們的婚事只好延擱一些時候。男的於是就同父母爭吵，結果還是偷偷地參加了捕鯊魚的航行。不幸得很，他就在那一次死了。」

他講完了故事，等我發言，我說：

「我想你寫這樣的題材，一定是好的。」

「我要寫海，寫漁村的孩子對於海的愛與恨，我要寫海的神祕，寫海對每個人不同的印象。我要從這些女孩子和男孩子在童年時，在海灘上裸體拾貝殼游水時候寫起；一直到最後男主角死了，女主角一個人在海灘上面對於海的感覺。……」

「好極了。」我說：「你已經寫了多少？」

「已寫了六萬字。」他說：「但是現在問題來了，對於捕鯊魚，我小的時候聽我外祖母講過，可是沒有看見過，不知道到底是怎麼回事，所以我現在要旅行一次，實地去看次。」

「真的？」我問。

「我已經托人介紹，接頭好，明天就跟他們出發。」

「真的。」我說：「這很有趣。」

「但是我對家裡只說洋行裡派我去考察去。」

菜上來了，他叫了酒，於是我舉杯寫他祝福，他忽然開玩笑似的說：

「假如我像小說裡的青年一樣，一去不返，你會像我情人一樣的到海灘上望望我麼？」

「怎麼？是坐小輪船去麼？」

「帆船。」他說：「就是我們平常在吳淞口看到的那種船。」

「幾天可以回來？」

「大概四五天。」

我們喝了酒，吃了菜，喝了咖啡，談得很晚。付賬的時候，我說：

「讓我付吧，算為你餞行。」

「我回來以後，你再到這裡請我。」他說。

「那麼假如你真的像你小說裡的主角，一去不返了呢？」我開玩笑地說。

「那時候，你可以請我太太到這裡來吃飯，把我的筆名與小說都告訴她。」

他付了錢，出來已是不早，外面燈火暗淡，星月皎潔。他駕車送我回家，臨別的時候，我說：

「明天不送你了，你回來就來看我。」

九

日子很快的過去，我想金鑫一定早已回來，或者因為急於寫作，所以沒有來看我。但是有一個下午，我有點事情，去編輯部室晚了一點，一到裡面，看到沙發上坐著越亮，手裡拿著一本書在等我。

好久不見她了，她怎麼會來看我？有什麼事？

「啊……啊……」

「P. C.怎麼啦？」她一開頭就說：「他說洋行裡派他去考察，我打電話去，說是已經辭職了。」

「P. C.」我一時實在有點弄不清楚，我說：「我怎麼知道？」

「洋行裡說是他的信件都寄給你轉的。」

「他沒有告訴過我啊。」我說：「到底怎麼回事，他回來了沒有？」

「他說洋行裡派他去考察，四五天就回來，但是今天還沒有回來。我打電話到行裡，說他早已辭職了。」

我愣了一下，一算日子，真的，今天離P. C.出發，已經第九天了。忽然，不知怎麼我竟想到了我們開玩笑所說的「一去不返」的話，我不知所措。

「他一直沒有回來？」我說：「這上哪裡去了！」

王太太似乎也相信我是不知P. C.究竟的人。她沒有說話。我心裡一時竟沸騰不安，我坐在沙發上想了好一會。最後我站起來，對王太太說：

「王太太，你先回去，我馬上替你去找。回頭我打電話給你。」

我為王太太叫了一輛汽車，打發她回家。我自己打一個電話到國際飯店，問了半天，沒有。我不知道他會不會用褒泉與金鑫以外第三個名字？但這總是無法查詢的事；假如漁船出了事，那麼應當在報上可以看到；但可能是我看報疏忽，沒有留神。於是我找出這些天來的報紙，我一一翻閱，果然我尋到一個很不使人注意的消息，說有漁船四艘，在沙面洋上遇險……云云。

這一下子，我也真急了，急則生智，我馬上想到我一個在漁業公會做事的親戚，雖然好久不來往，但總是認識的。我叫了一輛汽車，一直到漁業公會。

我找到了那個親戚。真巧，他正是辦理與有關這些的事情。他問我船名，我說不出來，但我說出出發的日期；他說那天出發的船有八艘，四艘出了事，遇救脫險的人只有五個。我很想碰見這五個脫險的人，他說他們都回家去了，現在無法碰到；但他知道這五個人裡面決沒有一個人是我所說的樣子，他們都是漁夫。如果我問他們，他們一定也只能告訴你這些，頂多再告訴你一些當時遇險的情形。我問另外四艘漁船，他說早已平安回來，如果我的朋友是在那裡面的，就早該回家了。最後他說有一麻袋零星的遺物，是漂浮在海上，打撈回來的，相信有些是船上漁夫私人的東西，不知是否可以尋出我朋友的蹤跡。於是他帶我到裡面一間房間，裡面堆滿了亂七八糟的東西，一張鋪板上放著一個麻袋；他開亮電燈，把麻袋裡東西倒到鋪板上。他又拿起一個古舊的木匣，照樣拋在上面說：

「這些都是漁夫的東西，等他們家屬來認領的。」

我沒有作聲，細看那些東西，大都是一些衣衫，土制的草帽，古怪的竹器，粗舊的旱煙管以及我不認識的用具。我一一檢認裡面有幾只大小的木匣，似也無從看出與金鑫有什麼關係。我已經失望，但臨行時候，翻倒一頂灰色雨布的便帽，無意中拿來一看，突然我發現裡面皮邊上兩金字——P. C.。我不知怎麼，竟像觸電一般的，我心頭有奇怪的激動，我高興了一下，但裡面竟含著害怕與傷心，我愣了許久，我的親戚問我：

「你找到了？」

我沒有作聲，把P. C.這兩個字給他看。

「那麼他一定是在那幾艘船裡面的。」他說。

我問他領取那頂帽子，同他告別，一路上我心裡有奇怪的複雜的起伏的情緒。

——金鑫終於死了。——那天不還一同吃飯的麼？——「一去不返」——可怕的讖語——「情人一般的到海灘望我。」——他的天才——他無論如何是有天才的。——他的幸福的家——美麗的太太——可愛的咪咪——鋼琴——越亮的詩——為什麼我沒有把越亮就是他的太太告訴他？

在我凌亂的頭腦中，忽然生了這個問題。

越亮好久沒有寄詩來，使我疏忘了，這是一個原因。她不許我說，當然也是一個原因。但在飛亞克，當他說太太以為他出外考察……這類的話時，我怎麼竟沒有一點想到；也許我說出他太太就是越亮，可以使他覺得……

車子進了市區，我看到黃浦江，我又想到了「一去不返」的讖語，一瞬間我意識到一切愚昧的迷信裡都含蓄美麗的成分。天色已近黃昏，藍灰的天空點染著煙霧，黯淡的江水閃著悽白的光亮，上面停泊著幾只輪船，舢板與小艇都在浮蕩。於是我看到一只機帆船，我竟疑心金鑫也許仍就在裡面……

我閉起眼睛，聽汽車直駛到我的家裡。我洗了一個澡，休息了一會，把那頂P. C.的雨帽包好，帶在身邊。我坐電車到……，奇怪，我到了霞飛路，走進了飛亞克。

照例，我當然到越亮的家裡去報告消息。但是奇怪，我竟無意識到了飛亞克。這在後來想想，覺得完全是金鑫臨別時的一句玩笑話，成了我心裡的暗示，他叫我在飛亞克把他的筆名告訴他的太太，我竟像赴約一般的到了飛亞克。一切的暗示竟都是催眠！

我打電話給越亮，什麼都沒有說，我把聲音裝作很愉快，請她來吃飯。

在我等她的時候，我開始想到我要同她說的話的裡面，竟包括著許多的難題。我不知應當怎麼樣措辭，才可以使她不至於感到突兀。我籌思再籌思，始終不能夠決定我應當從何說起，而越亮竟已經來了。

我同她並不是初次見面，但總是我到她家裡去訪問她。除了今天她到我編輯部來詢問

P. C.以外，我從沒有在外面同她會晤。而現在在她從飛亞克門口進來的時候，我突然想到這是第一次我約她來外面吃飯——甚至是正式吃飯。

這因為她打扮得太華麗了，我從沒有看見過她的打扮，如今才知道一個女人可以因打扮而成為完全不同的人物。

她穿一件綴著金點白色的旗袍，披一件日本淺金錦花緞的短衣，鑽石的耳墜，象牙的鐲子，戴著白色的手套，握著白皮金扣的皮包。我站起來，在黯淡的燈光中，她濃妝的臉上露出左頰的笑渦，她顯得無限的嬌艷與年輕起來。

我聞到一種高貴的香味，我請她坐下。

你猜她第一句話是怎麼說的？這真出我意外！

「怎麼，」她四面一望忽然說：「P. C.沒有回來麼？」

「他不會來了！」我說。

「他不來？」她沒有露十分驚異，低著頭說：「在什麼地方？」

「我始終不了解他。」我說。

「他是不是同別的女人在一起？」越亮微笑著，露著左頰的笑渦淡漠地說：「其實我很願給他自由，我們可以離婚。」

「這用不著，他已經自由，而且永遠自由了。」我說。

「……？」她抬起頭，用化妝得非常媚人眼睛望我。

「他已經死了！」我說。

「……？」她沒有作聲，似乎想問什麼而不知問什麼，睜大了媚人的眼睛望我。

「他死在海裡！」

「自殺？」她忽然驚異地問。

「船出了事情。」我看她比較安詳一點，我說：「是一只捕魚的帆船。」

「同另外的女人在一起？」

「一個人。」我說。

「……？」

「我只知道他要寫一篇關於海的小說。」

「他？」

我沒有回答。菜上來，我問她要什麼酒，她要了一杯pinklady，我只要一杯紅酒，啜著酒，我說：

「我想你也會原諒的，因為你也叫我不把你的筆名告訴他。」

「你是說金鑫就是他的筆名？」她低聲地，緊蹙了眼睛望我。我看著她，點點頭。

突然，她伏在桌子上哭了。餐室中人很少，有幽微無線電的音樂響著，她的啜泣聲破了這整個餐室的韻律。

我無從給她勸慰，我凝視著她，我看她極力在抑制自己，最後她從皮包裡拿出手帕，揩她眼淚，於是說：

「請原諒我。」

她鎮定了一下，打開皮包，開始化妝。這時候我想到那頂雨帽，我打開紙包，把雨帽交給她說：

「這是他的。」

她接過去一認，又翻轉來看看P. C.的金字，她默然點點頭收了起來。

此後她一直沒有說話。我們開始撤去冷了的湯，端端正正吃我們的菜。我舉杯向她祝福，她也冷靜地舉起杯來，我看到她眼睛似乎又潮溼起來，我就不敢再說什麼。她吃得很少，沒有吃水果，但喝了一杯咖啡。

餐室的環境非常清靜，音樂幽微地響著，我們大家靜默著，彼此沒有話說，最後，我說：

「我想一切過去的都不值得我們再想，你應當忘去，今天該早一點去休息。」

她點點頭。

我要侍者叫了車子，送她回家。在車子中，我們沒有說一句話。掠過光照耀的店鋪，掠過平靜的馬路，掠過路燈與街樹，我們沉默著，沉默著。

最後到了她家，我伴她走出汽車，她說：

「你陪我裡面坐一會，肯麼？」

「自然。」我說著付了車錢。

走進電梯，到她的門首，我為她按鈴。

咪咪迎著出來，我抱著她進了客廳；越亮似乎到別室去了，於是我同咪咪談了些話。

我對小孩沒有十分的興趣，但不知怎麼，這一瞬間我感到咪咪有奇怪的可愛與可憐，我突然發現她的面孔竟是這樣的像金鑫。我不敢同她談談P. C.，我只談她的媽媽。

最後，越亮進來了，我知道她已痛快地哭過，她換了衣裝，手裡拿著一本裝訂得非常精致的硬面本子。

「是詩稿。」

「給你看看。」她說。

我剛想翻開，她說：

「你帶回去看吧。」

坐了兩支煙功夫，我越覺得有許多話要問要說，似乎越找不出話說。她呢，她說了：

「好像有許多話要同你說，有許多我的情緒要同你討論，有許多事情要同你商量，但似乎都不是今夜的事情了。」

已經十一點多，我告辭出來，到了街上，我回頭望她們的窗口，我看到越亮正抱著咪咪在望我。

一九五〇、九、三、香港。

鳥語

一

打開郵包，我發現是一部金剛經，是大本，木刻，用連史紙印得很講究的版本。郵包上的字跡很生疏，但我從郵戳知道這是從我故鄉寄來的。我愣了許久，癡呆地翻動著經本，看到圈點的紅朱，我心裡有一種莫名其妙的憂傷與害怕，我失去正常的生活，期待我應當知道的一點消息。

六天以後，我接到一封也是從故鄉轉來的簡單的信，是生疏的筆跡，寫得極其平淡，說：

……覺寧師已於陰曆八月十五日仙遊，一部金剛經，是她臨死時叫我們寄給你的……。

她死了！

初秋的夜，肅殺清淨。坐在電燈光下面，桌子的前面，對著那封粗劣的信箋，草亂幼稚的字跡，我眼睛模糊起來。我在桌上的圓鏡中看到自己，我發覺我十幾年的生命一瞬間竟平面地鋪在鏡面上了。

鏡面是圓的，在我模糊的淚眼中，它蕩漾著蕩漾著，一時間就幻成了一個小小的池塘。

我坐在池邊一塊白石上，望著我失眠的臉，我在自語：「過去的都過去了，做錯的都錯了，失去的不會回來，消逝的無從再生。」

……

「吃飯了，婆婆叫我來叫你。」

我馬上看到池面一個人影，一個瘦削的圓臉，肩上垂著兩個辮子，花布的上衣，袖子卷著。我回頭看到她灰色的褲子，腳上沒有著襪，白皙的裸露著的小腿，踏著玄色的布鞋，鞋面上已沾溼了露水。我不知怎麼，竟用手撫按到她的鞋上。我說：

「你的鞋子溼了。」

她吃了一驚，反身就跑了。

我站起來，望著她的後影，我奇怪起來。我到回瀾村已經一星期，怎麼會從來沒有碰見過她。她是誰呢？這樣娟好！在飯桌上，我問我的外祖母，她說：

「一個白癡。」

「白癡？」我奇怪了：「一個這樣娟好的女孩子。」

「繡花枕頭！」

「我怎麼一直沒有碰見她過？」

「她不愛同人接觸，常常躲在沒有人的地方。」我還想問些什麼時，有人進來，大概問外祖母借一點東西，我的話就此打斷。以後我再沒有機會看見這個女孩，我也就忘記了這件事情。

二

遠在一九××年，我患著嚴重的神經衰弱──心悸，失眠，憂鬱，自言自語……醫生說我需要找一個清靜的鄉下好好休養，母親叫我到回瀾村──我外祖母地方──住幾個月。這是一個江南的鄉村，全村不過十來戶人家。門前是稻場，稻場上長滿了綠草。四周有樹，後面是山，晴時似近，霧時似遠。前面二三百步外是一條小河，順著河，坐船或者步行，四五里就可以到鎮上。

居民大都務農，大家都和藹寧靜簡單質樸地生活著。外祖母家有一個後園。後園不小，都種滿竹，也也幾株果樹，幾叢野花，圍著枯朽的籬笆。園中有一間凸出的軒子，是舊式的建築。假如在過去，這後園應當是一個花園，這軒子一定是飲酒賞花賦詩的所在，但如今再沒有人玩這些風雅的事；外祖母把它充作堆農具雜物的地方。

外祖母知道我要來，她在對著前庭的房屋中，為我預備了一間房子。那間房子，一跨出就是院子，隔著院子就是鄰居。院中進出的人很多，許多孩子整天都在院子裡玩，所以我住了半個月，要求搬到後園的軒子裡去。我外祖母問我那面夜裡一個人會不會怕；我說我是不怕鬼的。她就為我打掃粉刷布置一新，我開始搬進後軒。這件事情大概就引起了鄰居同許多人的奇怪，覺得我同他們不同，不喜歡大家一起，要一個人住到荒僻的角落來。

我一到外祖母家，就決心遵醫生的囑咐，調整生活。夜裡早睡，睡不著也躺在床上，看一本書，再睡不著，就吃一點安眠藥。早晨，我出門散步，回來吃早點，午飯後又睡覺，下午我洗一個熱水浴，出門走半里路模樣，回來等吃飯。飯後有鄰村老婦到外祖母家來坐，我總是聽她們談一會話，才去就寢。

這樣的日過得不壞，村中的人我也逐漸認識，他們都很好。其中一個叫做李賓陽的，是一個三十幾歲，而非常沉著的人。他愛下象棋，程度同我相仿，所以一有空就喜歡過來同我著象棋，我們就特別熟稔起來。

三

搬進了後園的軒子，第一天早晨，就有特別的感覺。因為我在前面的時候，早晨聽見的都是人聲，在後園，我聽到的則是鳥語。無數的飛鳥都在竹林中飛進飛出。晨曦照在園中，微風拂著竹葉，是仲春，空氣有無限的清醒。

我起床，走到了園中，深深地呼吸著，看看周圍的世界。突然，我看到了一個籬笆邊地上的人影，是一個女子，她蹲在籬外，對著竹林。但是，當我想細認的時候，她好像已經發現了我在注意她，站起來飛也似的跑了。

我當時沒有再想到這件事，但是第二天，我起床開窗外望，我又發現那個女子站在籬外，在無數的鳥語中，她似乎也哼著聲音，我一直望著她，雖然心裡好奇，但沒有出去驚動她。此後我幾乎天天都發現她那時候站在籬外，我決心要找一個機會去看看她究竟是在幹什麼。大概是八九天以後，那天我早於鳥語起來，天還未大亮，我預先到園中，挑一個離她常站籬笆相近而又有竹林可掩護的地方等她。

天有霧，我看不見天色，只看見東方的紅光。

不久鳥聲起來了。先是一隻，清潤婉轉，一聲兩聲，從這條竹枝上飛到那條竹枝上，接著另一只叫起來，像對語似的。就在那時候，我聽見籬外應了一聲，我馬上看到了那個女孩子，穿著灰色的旗袍，梳著二條辮子。這時竹林中許多鳥都噪應起來，但原先對語的那兩只鳥，竟飛到籬笆上，同外面的女孩子咭噥起來。那女孩手抬著頭，她的臉是圓的，眼睛閃著新鮮的光，面上浮著愉悅的笑容，發出一種很好聽的聲音，不像鳥鳴，不像人語，也不像是歌唱。兩只小鳥，似乎同她很熟稔的一會飛進籬內，一會飛到她身邊，一會又站到籬笆，啾啾喈喈的好像同她很親熱。

這時候霧已經散消許多，陽光照到帶露的草上，我也更清楚地看到那個女孩子的臉，尖的下頦，薄的嘴唇，小巧的鼻子，開闊的前額。而眼睛，我看到它是閃著多麼純潔與單純的光亮！頂奇怪是她的皮膚，似乎是不曬太陽的，白皙細淨，像瓷器一樣的，完全同我們不同。忽然，有一只鳥飛到裡面，像發現了我在林下似的，它叫了一聲又馬上飛到外面；那個女孩子就對裡面望了望，我看到她在望我，覺得不如走出去招呼她比較好些，所以我就很快的跨到籬邊，我微微的對她鞠躬，我說：

「你早。」

她突然轉身想跑，但似乎要再估量我一下，又停了一會，我就說：

「不要怕，我就是住在這裡的。你知道的，是不？」

她比較安詳一點，又看我一眼，忽然露了一種傻笑，反轉身就走了。

「明天早晨我等你，」我大聲地說：「我們一同聽鳥語。」

四

「這女孩是誰呢？」我想。下午，外祖母在前院剝豆子，我坐在旁邊開始問外祖母。

「就是那個白癡，」外祖母說：「怪可憐的。」

「就是那天叫我吃飯的？」我說：「怎麼一直沒有再看見她過？」

「她不愛理人，她沒有人理她，他的哥哥弄得沒有辦法。」
「她的哥哥是誰？」
「就是賓陽——那個常常同你下棋的人。」
「他們的父母呢？」
「都死了。」外祖母說。
「那麼他們只有兄妹兩個人？」
「賓陽前兩年就結婚了。」外祖母說：「賓陽嫂，啊，你看見過，不是很俏俐聰敏能幹麼？他們還有一個孩子。」
「那麼她，她叫什麼名字？她就跟兄嫂住了？」我馬上想到跟一個漂亮伶俐能幹幹的嫂嫂同住，一定不是快樂的事情。
「她叫芸芊。」外祖母是極其聰敏與世故的人，她馬上看出我對芸芊的同情，面上表出龍鍾慈祥的笑容，於是說：「她嫂嫂待她不壞。」
「她這樣年紀，怎麼也不給她讀書？家裡經濟情形怎麼樣？」
「賓陽在鎮上有兩家鋪子。」她說：「不過芸芊太笨了，讀小學還老是留級，去年才畢業。所以賓陽也不給她讀書了。」
「很笨？」我說：「可是她的臉可一點看不出笨相。」
「繡花枕頭！」外祖母說：「不但讀書笨，今年十七歲了，一根針都不會拿。什麼事都不懂，撥一撥，動一動，同六七歲孩子一樣，又不願意開口，什麼話都不會說，叫她說一件事情，怎麼也說不清。她母親在世的時候也是沒有辦法。」

「但是她好像很喜歡鳥兒。」

「真是，她從小就喜歡鳥兒。一見了什麼麻雀，喜鵲，燕子，就是傻頭傻腦的對著它們嘀嘀嘟嘟。現在十七歲了，還是一樣，因為大家笑她，她才好一點。不過偷偷摸摸的，一個人還時常到外面去看鳥兒。」

這時候，一個隣居叫做王大嫂的走了過來，她看外祖母在剝豆子，她說：

「我幫你剝。」於是坐了下來，又說：「你們在講白老鼠是不是？」

在那面，「癡」與「鼠」同音，耗子叫做老鼠，所以我馬上聽出這是芸竿的綽號。

「為什麼叫做白……」我感到不舒服說。

「這裡誰都那麼叫她。」外祖母說。

「前天她們托人去替她做媒。」王大嫂說：「男家聽說很好，但是知道她是白癡，就不要了。」

「她自己也不見得想嫁人，十七歲還同十三四歲一樣，什麼都不懂。」外祖母說。

「不過這種白癡，六十歲也是一樣，再不會長大了。」王大嫂說。

「嫁人也是去吃苦，真可憐。」外祖母說。

「不嫁人怎麼樣？」王大嫂說：「難道她靠哥哥一輩子。」

不知怎麼，我心裡聽得很不舒服，就悄悄地走開了。

五

後園的籬笆已經朽舊，但還完整。南面的角落有一扇門，鎖著鄉下很粗拙的鐵鎖，鑰匙就掛在我所住軒後的牆上。第二天，我很早起來，就預先開了那把鐵鎖。我於是就在門邊等芸芊，比我昨天等她的那個地方要遠許多。

那天天氣很好，沒有霧，碧藍的天空浮著白雲，淡淡的月痕還未消逝，而東方的太陽正在升起，像一個紅球般的顛動。這時芸芊來了。她還是同昨天一樣，站在籬外，觀看籬內鳥兒，她似乎不知道我在等她，也沒有期望我在裡面，我也沒有迎上去。

這時候鳥兒已經在婉轉低歌，芸芊沒有作聲，站在那裡，臉上浮出愉快欣喜的光芒。不一會，她低吟起來，兩只鳥兒飛到她身邊去，她蹲下去，同他們嘀嘟了好一回，那兩只飛開又飛來兩只，慢慢地許多鳥兒都噪鳴起來，接著一群一群都飛出去了。我偷偷走向籬邊去，我看芸芊在籬外正對著飛去的鳥兒揚手。我就隔著籬笆，輕輕得叫她：

「芸芊。」

她回過頭來，似乎記起我昨天的約，露出非常聰敏而帶著羞澀的笑容。

「芸芊，」我說：「我相信我可以了解你，同你了解那些飛鳥一樣。」

她沒有理我，似乎想跑走，又好像被好奇心牽掛著。我說：

「不要走。我想你肯把我當作鳥一樣的同我談談。你知道我在這裡養病？」

她沒有走，但沒有說話，臉上的笑容似乎不是含著羞澀，而是蓄著驚訝，她眉心間蹙起微顰。我驟然看到她的臉的奇美與高貴，我說：

「你進來好不好？我有許多事情想告訴你。」

她不動，我說：

「那麼我出來。」她忽然笑了，露出她對飛禽說話時一樣的天真說：

「就這樣講吧。」

「我只要你相信我，我不是一個人，我是一只鳥。」我說：「我的心同鳥一樣的。」

她點點頭，愉快地微笑著。

「我相信你是聽得懂鳥語的，」我說：「我希望你可以教我。」

「你怎麼知道？」她開口了：「這裡沒有一個人相信我。」

「我知道，我相信。」我說：「因為我的心是一只鳥。」

「但是你聽不懂。」

「我不懂，但這因為實在是我太笨了。」

「啊，」她忽然很同情我似的說：「你決不笨，……你知道我是一個白癡麼？」

「你？」我說：「你千萬不要聽人們胡說，一切別人會的你很容易就會，一切你會的，別人沒有法子學會。」
「但是我不會讀書，不會做事，他們說我話都說不清。」
「這不對的，」我說：「你要讀書，我可以教你。你馬上曉得這決不是難事，只要照著方法用功。」
「你教我？」她興奮地說。
「自然。」我說：「我沒有事，你看，你願意，我明天同你哥哥說，我教你念書，你教我鳥語。」
「但是，但是我不知道怎麼教你鳥語。」她忽然天真地焦急起來。
「不要緊，不要緊。」我說：「我不是說你一定要教我，你不教我我也可以教你念書，是不是？我反正沒有事，是不是？」
「真的？那麼我回頭問我哥哥。」但她忽然頹傷地說：「我怕你將來會覺得我太笨的。」
「這怎麼會？」我說：「就是笨，又有什麼關係？你不知道我是一個多麼笨的人？」
「你知道我小學裡的先生都看不起我，討厭我麼？」
「但是，」我說：「剛才那群飛鳥有看不起你討厭你麼？」
「沒有。」
「你看，你仍舊不相信我的心是一只鳥。」
她隨即笑了，輕輕地對我說：

「那麼回頭我同哥哥說去。現在我走了。」

我一直望著她美麗的人影遠開去，一次兩次，她回過頭來看我，我對她揚揚手，像她剛才對飛鳥揚手一樣。

六

我以為李賓陽總要來看我了，但是一直到太陽轉西，天暗下來，他還沒有來。

晚飯的時候，外祖母忽然說：

「賓陽也奇怪，怎麼想到叫你教他妹妹書。」

「怎麼？他同你說過？」

「今天他特地過來同我說，我說你是來休養的，不會有這個興趣。」外祖母很平淡地說：「這麼笨的人，教也沒有用。」

「但是，我很高興去教她的。」我說：

「你媽媽叫你來養病，你應當靜靜的多睡，多吃，醫生不是同你這樣說的麼？」

「不過教她一個人書，也不費什麼力；一天教她一兩個鐘頭，等於解解悶。不然什麼事沒有，也很無聊，是不是？」

「你高興，那我明天去告訴他們。」

「還是你晚上去告訴他們吧。」我說：「明天上午十點鐘我就可以教她，每天從十點到十二點。你說好不好？」

「你教她試試也好。反正你不高興教的時候，隨時可以退她的。」

外祖母於晚飯後就派人去通知他們了，說已經同我商量好，決定明天上午開始，每天十點到十二點，教芸芊兩個鐘頭。

……

第二天早晨，我又在後園會見了芸芊。同昨天一樣，我等林鳥飛出去了，才同她去說話。我叫她進來，她不進來；我問她是不是十點鐘來讀書，她忽然說：

「哥哥說，婆婆告訴他你是來養病的，所以想了想覺得不好意思來打擾你。」

「沒有這事。」我說：「我也借此解解悶，一天不過兩個鐘頭。你千萬同你哥哥講，我非常高興教你。」

「但是我沒有告訴他，我們早晨曾經談起過。」

我想了一想，我說：

「也好，但是你能不能同你哥哥說，我下半天等他來下棋呢？」

她點點頭。

「他來的時候，我自己同他說。」

「你千萬不要提到我們在這裡商量過。」

「你放心。」我說。

她不響，只是含著笑望著我，始終保持她剛才對鳥兒愉快煥發的神情。她的眼睛竟有不可測度的玄妙，時時躲開我對她的注視，但時時透露洞察我心肺的光芒。她的嘴唇微顫著，不時用如珠的稚齒咬她的紅唇，似乎有許多話想說而不是她所能表達的。我忽然有奇怪的欲望想知道她的情形，我想問她哥哥對她的情感與嫂嫂待她的態度，但是我無從說起，半晌，我說：

「到裡面坐一會吧。」

「啊，我要回去了，他們回頭要找我的。」她說著就匆匆地走了。

七

李賓陽因為常常同我下棋的緣故，我們有較多談話的機會。他曾經讀過一年大學，因為父親死了，他沒有讀下去，回到村下管管他父親遺留給他的兩個鋪子，養蜜蜂，種果子。大概也是秉性淡泊，從此就沒有再出門去。他很聰明，很明理，鄉下許多事情，人家都同他商量，但別人都說，他很怕他太太。賓陽的太太，我見過很多次，是長得很端秀的一個女人，話很多，同誰都表示親熱，但一看就不是出於真情。我一直沒有對她注意，但自從我知道她是芸芊的嫂嫂以後，我看見她也就同她多說幾句話，我覺得她是表面大方，心地狹窄，一個庸俗而精幹的人。我不但想到芸芊在她的家裡不會快樂，而且覺得賓陽也不見得是幸福的。

賓陽雖然同我談過許多社會人生一類的大問題，但從來沒有談過家庭太太一類的小事，也從來沒有對我提到他的妹妹。

那天，我們下了兩盤棋，我開始同他談到他妹妹，我說：

「你不是同我外祖母說你妹妹要跟我讀點書麼？」

「我正想同婆婆說，這事情怕於你太吃力，還是……」

「啊，這有什麼吃力？」我說：「我外祖母老年人這麼想；實則我又不是什麼病，一個人每天沒有事也怪悶的。」

「但是她，啊，不瞞你說，實在太笨一點。」

「我不相信像你這樣的人的妹妹會是笨的。」我說。

「我也奇怪，我父母都不是低能，怎麼她會這樣，」他感慨似的說：「在小學裡就一直留級，先生都說她沒有辦法。」

「她是不是很用功？」我說。

「她很用功，但是不知怎麼，……」

「你不要這樣想她，」我說：「每個人聰明不同，也許她始終不知道用功的方法。我想她也許……總之，讓我教教她看，我到想知道她究竟是怎麼一回事。我看見過她一二次，我看她決不是一個像別人說她這樣的笨人。」

「我有時候也這麼想，可是她始終像是什麼都學不上似的，就是家庭的事情，她也一點不能當手。」

「我想，她現在的環境已經摧毀了她所有的自信心，一個人失去自信心就什麼都完了。」

我說：「我自己也有這種經驗。」

「這也許。」他忽然又轉了口氣說：「你知道我媽媽在的時候最寵愛她，所以我很想讓她多讀一點書，到城市去見識見識。但是她怎麼也不願意離開這裡。」

「她不願意一個人到城市去讀書？」

「實在她在小學裡讀書已經讀怕了。我看她沒有法子跟別的孩子一同讀書的。」

「這很奇怪。」我說：「那麼太太怎麼樣想呢？」

「她還不是普通的女人，芸芊在家裡不能幫她一點忙，待在家裡，歲數大了，那麼自然希望芸芊早點找一個人家；但是嫁出去，叫她去受罪，我也不安心。她的樣子雖早成熟了，但性情脾氣，還完全是一個小孩子。」

「那麼還是讓她到我地方讀點書，」我說：「慢慢我勸她到城裡進學校去。在鄉下，大家叫她白癡，你太太又沒有法子幫助她，那麼你不是要害她一輩子了麼？」

「不過這太麻煩你了。」

「這有什麼關係，」我說：「我雖然只見過她幾次，但是你知道我很喜歡她。」

「她雖然笨，但是一個非常善良純潔的孩子，」賓陽忽然說：「我的事情她都肯做，非常想做，但因為做得又慢又笨，所以我內人總不要她做。我有小毛病，她總是坐在我床邊不離開我一步，但是我內人可頂討厭她這樣，說假情假意的什麼什麼。總之，你知道許多女人都是這樣……」

我很奇怪像賓陽這樣年齡的人會這樣疲憊與懦弱，但是我已經看出了我當初的猜想是對的，他並不幸福，芸芊更是苦惱。他愛他的妹妹，但無法處置這妹妹。他雖然說讓芸芊升學，而芸芊不願意去，那誰知道不是他太太從中作梗？她太太當然只想把芸芊早點嫁出去就算了，讀書還要學費用費，而且也許將來還要他們的財產。我當時沒有同他再談下去，只是約定了明天開始教芸芊，十點鐘叫她來。

大概就因為談起這些囉嗦的事情，賓陽一時心裡似很不愉快，所以我同他又下下了一盤棋。他走的時候，我問到芸芊用的書本，他告訴我他家有許多舊的教科書，明天可以由芸芊帶來。

八

就這樣，我開始做了芸芊的教師。

過去，我曾經對於教育心理，教育學，兒童心理學一類的學科也用過一點功，我也曾在中學教過幾年書，但是芸芊的確給了我一個奇怪的難題。

在開始時候，我幾乎一點也沒有辦法。一切的科目，無論國語，算術，自然，歷史，地理……我以為講得非常仔細了，但是她聽了一點不懂。她的神情完全沒有諦聽鳥語時一點靈光，總是癡呆著望著我。有時候我幾乎懷疑她沒有在聽我，我叫她自己講，一字一句，講不出的地方我再為她解釋，但是她即使學會照我所解釋的告訴我，她仍是無法理解所解釋的意義。好些時候，我幾乎要發脾氣，但是我馬上克制自己。我極力鼓勵她的自信力，還堅持對她的信心——她決不是一個白癡，她一定有她特殊的所在，而是我所尚未探得的。但是我始終未能探得她特殊的所在。

五天以後，我在上午兩個鐘點以外，又在下午加一個鐘點。每樣科，她不弄清楚，我不往下教，非常緩慢的一點一滴向她灌輸，用許多故事比喻請她了解。這樣就過了十天，教書的事情可以說過得非常苦惱，但是在生活上，我們有比較自然的交接了。

早晨，她總是到籬外去聽鳥語，我不去驚動她。但等飛鳥外飛，我就上去招呼她，或者叫她進來，問問她一些昨天所講的功課，有時候也談些別的，如附近的山，傳說的故事。接著她回家去，十點鐘時候她總是很準時到來，下午傍晚時候又來。她的態度當然比以前自然，但一上課，她常癡呆地不知所措，這始終是我難解的問題。我要怎麼樣才能使她把讀書與生活打成一片，使她在功課中感到同別的生活一樣可以自然呢。

有一天早晨，我們聽了鳥語以後，我從籬笆門出去，我拉她陪我去散散步。

那是一個陰天，天空裡有層層的灰雲，遠山如畫，隱隱約約，好像離我們很遠，田隴間剛剛種上禾苗，滿眼青翠，在風中波動著像是一片清柔的綠水，路上都是露水，我們的鞋襪都有點溼了。忽然有一只喜鵲在松樹上叫了，芸芊馬上停步望它，臉上浮起了她讀書時候從未有的靈光。我開始說笑話似的說：

「芸芊，我教你書已經十多天，你還沒有教過我鳥語。」

「鳥語？」她笑了，忽然說：「是的，它們也像說話一樣，但不是說話。」

「不是說話？但是你懂得它們叫的是什麼？」

「我懂得，但是我說不出。」

「那麼剛才喜鵲叫的是什麼意思？」我說。

「它是……它是……」她忽然奇怪地說：「它說的不是我們的意思。」

「但總是有意思的，它也是生物，生物有一個生命，生命有生活，生活要吃，要住，要尋伴侶。」

「也許，也許……」她蹙著微顰，似乎想解解釋又無法解釋地說：「但是它們，它們同我們不一樣，不像我們這樣的……我怎麼說？……總之，沒有我們這樣的複雜，不是我們說話的意義……」

她微顰著，掀著鼻子，很用力地想表達她的意思，我看她很焦急的樣子，不敢再問她了。我想如果鳥語同外國言語一樣，那麼懂的人總可以翻譯，難道不是言語，是一種符號，像驚嘆符號一類的符號。我想，也一定因為芸芊無法翻譯鳥語給我們聽，所以全村的人沒有一個相信她懂鳥語，但是我對於芸芊對於鳥鳴的感應則實在無法否認。我說：

「你怎麼學會了鳥語的？」

「我也不知道，」她說：「我認識鳥以後，就知道了。」

歇了一會，我又問她：

「你知道那些鳥都快樂嗎？」

「有的快樂，有的不。有時快樂，有時不。」

「不快樂的，你也勸慰它們嗎？」

「我自然安慰它。」

「那麼你怎麼同它們說話呢？」

「我說不出來，我只是，只是……」

以後我也沒有什麼可以問她，只覺得她不是一個人間的凡人，而她獨特的地方竟無法認識。

九

但是，有一天，忽然發生了一件意外的事情。

那天，外祖母叫我寫信，芸芊來了，我叫她先到我房裡去看看書，等我一會。我於十分鐘回到房裡。她忽然臉上露著無限的靈光拿著一張紙問我：

「這是什麼？」

我一看，是我夜裡寫的一首詩稿，這詩是這樣的：

〈鳥語〉

山中有的是鶺鴒，
對著城市煙塵，
千篇一律的嘰咕。

說到園裡的老樹，
衰老的啄木鳥，
又整天在那裡道故。

還有柳梢黃鸝無數，
長長的日子，
總嘀嘟春城的荒蕪。

此外樑間燕子無數，
始終訴說春風春雨，
花間的許多悽苦。

最熟識是簾下鸚鵡，
它整天怨狗怨貓，
還抱冤發響的茶爐。

那麼叫我飛往何處？
難道站在街頭電話線上，
整天聽人類愚蠢的囉嗦。

「是一首詩，我昨天晚上寫的。」我說。

「你寫的？」她臉上露出無比的靈光：「我喜歡它，我抄一份可以嗎？」

「自然可以。」我說，但是我心裡可奇怪起來，我說：「你懂得這意思？」

「我不知道，」她說：「不過我喜歡。」

「你以前念過別的詩嗎？」

「沒有。」

那時我手頭正有一本《唐詩三百首》，我順手撿出來，選幾首七古講給她聽。她竟非常高興與欣喜，眼中透露無限的靈光，似乎馬上就了解了那些意境。

她的煥發使我也興奮起來，我感覺到我已經發現了她獨特之點。那天我就沒有教她別的，我同她講解了幾首唐詩，我問她哪一首喜歡，哪一首不喜歡？奇怪，她竟像很有選擇的趣味一樣，肯定地來說「是」或「否」。她的臉始終有愉快的表情，眼睛閃著聰慧的靈光，完全像她同飛禽交語時候一樣，毫沒有平常上課時候那樣的癡呆。我是多麼喜歡她美麗的臉上永遠浮著這種煥發的光彩呢。

我不知道她是憑什麼了解這些詩意的，我所講的原是文字上的意義，實際上一首詩的美雖是靠文字傳達，但講詩的人還是並不能說出詩中的情趣的。她的中文程度自然不高，常常一篇作文寫不通順，而且別字很多。可是，她從我講解中，竟毫無困難來克服這些文字，而馬上穿過這些文字到了詩意的欣賞。頂奇怪的是一個常常記不清功課的人，對於這幾首詩，不過朗讀了三四遍，就已經可以背誦了十分之七八。

她於十二點鐘回去，我叫她把幾首詩去抄在簿子上，她還借去了我的詩稿〈鳥語〉。我叫她注意裡面每一個字的寫法，下次不要寫錯。

第二天早晨，我與她於聽完鳥語又去散步，在路上她背誦了那幾首唐詩，還背誦了我的〈鳥語〉。但這並不是使我驚奇之處，可異的是她誦詩的聲音，那聲音裡似乎含著我未能洞悉的玄美；尤其是當她背誦我的那首〈鳥語〉，我覺得她已經在我詩句以外創造出新的我所未達的素質。

那時候我們不知不覺走到一個砌得很整齊的白石墳墓。江南的墳墓前面都有一個祭場，我們就走進了那個祭場。我無意中碰到她白瓷一般的手，我拉住了它，我說：

「芸芊。」但是我不知道要說什麼。

是晚春……天是藍的，田野是綠的，墳墓的周圍有黃色紫色的野花，我說：

「你喜歡春天嗎？」

「我喜歡，我很喜歡春天，春天有鳥有花。」她說著活潑地擺脫我手，跳到石欄外面去採野花。

我沒有再說什麼，我坐在石欄上，覺得她的確是神奇的，但是她的神奇也許不是屬於人間。她採花回來的時候，我要她同坐在石欄上。我開始從花告訴她植物的知識，我又談到氣候與花的關係，於是我對著天空太陽，我談到地球星辰的關係，以及風暴雷電的常識，接著我就講到地球同它的變化，於是我談到地理，人類的歷史……在這個長長的談話中，我發覺她雖然並不十分了解，但是她似乎很感興趣。

太陽慢慢升到天庭了，我們浴在陽光中，我已感到十分燠熱，我看時間已經十點多了，我想到我們那還沒有吃早飯。我說：

「你知道剛才我同你講的就是功課嗎？」

「這很有趣。」

「那麼你把我講的再想一遍，今天我們不再上課了。」我說：「回頭你只把昨天抄好的詩給我看看，好不好？」

……

十

自從那天開始，我就再不拘束上課的形式同她死板地教書了。我要她自己想，自己體會，自己摸索。我把我的詩作給她看，講給她聽，我要她給我意見。我等她能很肯定地說出她懂不懂，喜歡不喜歡，說出她對某個意象之異於我或同於我的感覺。於是我叫她試著用她的言語寫她的感覺，我叫她一點不要限制自己，不要用題目，不必聯貫，不要故意寫長，只把看到的感到的寫下來。這個試驗對於她的確有效，她寫出許多奇突的看法與想法，我於是為她改適當的字彙，正確的語氣，這樣她慢慢的就比較會表達意思，雖然綴成一篇的時候，仍不免有重疊的敘述，顛倒的論理。

奇怪的是數學，她對於很簡單的演算總是攪不清楚，而稍長的數字就常常沒有法子控制。無論加減乘除，幾乎沒有法子做對；可是，很難想的問題，她倒時時很輕易的想了出來。此後，凡她所不能的，我也不再促她速成。一切在她是一種刻苦的努力的，我完全不要她做了。我要她自信，要她自由自在與自然。不但讀書如此，處世接物我也希望如此，而她的確有許多改正。我發覺她的悟性無疑的是超乎常人，她直覺非常靈敏，但是她沒有系統與組織的能力，記憶力不強而感應力非常豐富，許多的回憶實際在她只是一種感應而不是記憶。她似乎有十個心靈，只缺少一個頭腦。而她性格的超級與美麗，純潔與良善也許也正是這個原因了。

日子就這樣在不知不覺中過去。田野的綠波長成了稻穗，天氣已經熱起來。我的健康有很大的改進，我的食欲增強，失眠減少，我的心境有空前的寧靜。我每天有很規律的生活，而同芸芊在一起，也再沒有使我感到棘手的困難了。這因為我已經開始對她了解，而她也開始對我信任。

但就在初夏的一天，發生一件奇怪的事情。

平常芸芊總是在我吃中飯以前就走的，那天不知怎麼，我吃飯的時候她還沒有走。她同我一同到裡面，那時桌上的飯菜已經開出來了。我坐下去，她忽然一聲不響很快就跑了。外祖母沒有理會這件事，我心裡馬上感覺到她有點異樣，但我怎麼也想不出理由，要說是沒有留她吃飯，那原是那裡的習慣，而她從來沒有在我們那裡吃過飯。我沒有說什麼，但是我心裡始終占據著一種惆悵與不安。

第二天早晨，我很早就起來，我希望花園中可以問她，但是我等了許久，竟沒有芸芊的蹤影。十點鐘的時候，芸芊也沒有來上課，我的心開始空虛與焦慮起來，每天同她見面不覺得什麼，一天沒有了她，我才發現了她在我生命裡的重要。

我在中午已經吃不下飯，下午也不能午睡。三點鐘的時候，我沒有辦法，我走出去，我走到李賓陽的家裡，賓陽到鎮上去了，不在；我看到賓陽嫂，她很客氣的招待我，告訴我芸芊病了。

「昨天還是很好的，很活潑的。」

「你一定有什麼事情嚇了她，」她說：「她回來神氣很不好，跑到房裡哭了，飯也不吃。」

「我沒有什麼事……」我一面想著一面說：「難道因為沒有留她吃飯？」

「啊，那不會。」賓陽嫂說著，又似乎對我同情似的說：「她是一個不知好壞的人，你太姑息她，她就會什麼起來，最好不理她。」

「這話是不對的。」我說：「一定有點原因。」

「你要知道那原因？」她笑了。

「自然。」

「那因為你昨天在吃鳥肉。」

我愣了。不錯，昨天有鄉下人來賣斑鳩，外祖母問我要不要吃，我說好的，她就買了兩只，中午的飯桌上就有了這菜。

「你不要生氣。」賓陽嫂說。

「這怎麼會？」

「人家吃素不管別人，」賓陽嫂說：「她吃素連看別人吃葷，尤其吃雞鴨飛禽她就不舒服，我們平常根本就不給她瞧見。所以吃飯也分給她一個人去吃。」

「她吃素？」

「她一直就跟她母親吃素的。」她說：「不過平常她知道別人吃鳥肉也沒有這樣，昨天她可哭得厲害，連夜飯也沒有吃。」

「賓陽兄怎麼不來叫我。」

「他還叫我們不要讓你知道呢，他說別人這樣教她書，她還要因為別人吃什麼，而發怪脾氣，讓別人知道了不當成話柄！」她說：「這孩子根本就不能對她好，一寵愛她就常有這種奇怪的囉嗦，她對她哥哥有時候也常常有不講理的事情。」

賓陽嫂的話很使我不入耳，我沒有說什麼，我站起來，我說：

「我可以看看她嗎？」

「她就在裡面。」賓陽嫂說著站起來，帶我走到裡面一間舊式的房間，窗前一張桌子，放著一些她日用的書。裡面是一張舊式的涼床，兩口敝舊的大櫥在窗的右面，左面是一個敝舊的茶几。就在茶几的上面牆上，貼著一張紙，是芸芊自己寫的，我看到就是我的那首詩〈鳥語〉。我的心怔了一下，我馬上發現了她對我是有奇怪的失望了，我知道是這個失望使她感到了不可忍受的痛苦。

芸芊斜靠在床上，她看我們走進去並不吃驚，也沒有理我，只是坐了起來，低下頭。我說：

「芸芊，你為什麼不好好的提醒我，要對我生氣呢？你知道許多人一直做錯事是自己不知道的，要父母師友提醒了才知道。等於做錯算學一樣，要靠別人懂得的來告訴你。每個人都不是聖人，誰都有錯，誰都有不知道的。某一方面聰明，常常另外一方面特別笨，我不是說過特別笨的地方嗎？你比我聰明的應當教我，正像我比你聰明的地方教你一樣，是不是？」

芸芊低著頭沒有說話，但是我從她臉上看到了她對我諒解的神情了。賓陽嫂看芸芊不響，她想芸芊並沒有聽懂我話，但仍是以為自己很聰明地說：

「人家好意來看你，你還要不識相……」

我趕快勸阻了賓陽嫂，拉她一同出來，我回過頭去說：

「明天我等你。」

十一

夜裡我失眠，入睡的時候竟是四更時分，早晨鳥叫了我才醒來。我到了園中，看籬外的芸芊已同許多鳥兒在咭咭噥噥，她的美麗的姿態，奇妙的神情，愉快的光彩，在陽光中竟是一個不可企及的仙女。我馬上想到我昨天吃鳥肉的殘忍與醜惡，庸俗與無知，我感到無地可容的慚愧與無法洗刷的內疚。我走出籬門，等了許久，就在那些鳥兒外飛，芸芊對它們揚手以後，我走到她的身邊，這一瞬間我發現了顯露在她美麗清秀的面容上的無法企及的心靈的灑脫與高貴。自從認識她以來，我始終沒有把她看作笨於常人低於常人，但是我也始終因為我年齡與學識高於她，而把她當作孩子。而如今，在我感到自卑與慚愧的一剎那，我才真正認識了這個毫無塵土與煙火氣的靈魂。我說：

「芸芊，我昨夜難過了一夜。你看，我是多麼愚蠢與庸俗。謝謝你給我這高貴的指導。」

「你沒有怪我，」她迎著我說：「我非常感激你。」

「是我應當感激你的。」我說：「不然我一輩子都是愚蠢的東西了。」

「我不好，我不應當生氣，是不是？」

「不，不。你一定被我駭壞了。」

「因為你說過你的心是一只鳥。」

「但是我的頭腦竟是野獸！」我說：「你以為那些飛去的朋友們會原諒我嗎？」

她突然沉默了，眼睛裡淌下奇怪的淚珠，她點點頭。

我不知不覺拉著她同我一同散步，大家沉默著。陽光照在我的身上，田野間長長了的稻穗時時擦著我們的身子，遠遠的青山是和平的，附近的樹林是青翠的，突然，一陣「布穀，布穀」重濁的叫聲傳來。啊，那是斑鳩。我昨天吃的，就是他們的肉，這聲音是對昨天死者的哀悼呢？還是在對我叱責呢？我非常難過，我對芸芊說：

「你聽見這聲音嗎？」她點點頭，但突然感到了我心中的痛苦，她說：

「它們不會知道你的。」

我沒有再說什麼，拉著她的手就回來了。

自從那一天起，我開始茹素，雖然後來在各地流浪，我又吃葷食，但是我沒有吃過家禽和飛鳥。

散步回來以後，我們去吃早餐；十點半的時候她來上課，我們似乎更加接近，我們的心靈有一種說不出的交流，我無法敘述我們以後在一起的時候是多麼愉快。

天氣熱起來了，早稻已經收穫，遍野開出了紫色的草花與金黃的菜花，天空更加晴朗。我的健康已經很快的恢復，外祖母是多麼相信這是她的能力。在都市裡的母親與親友，是多麼相信這是醫生的妙方。沒有人知道，除了我自己，那只因為我在受芸芊的薰陶。

我開始要想到回上海去工作了。那時候我在報館裡做編輯，我告假養病，是托一個朋友代著，他知道我健康恢復，已寫信來催我回去。但是我如何離開芸芊呢？而芸芊離開我又將是一件什麼樣的悲劇！我開始同李賓陽談到讓芸芊到上海升學的事。我告訴他我家裡只有一個母親，芸芊可以住在我們家裡；我向他保證，我一定像妹妹一樣的待她；我還告訴她，我一定幫她升學；最後我說到如果經濟上他需要我幫忙，我也可以負擔。賓陽一直冷靜地聽我講，最後他忽然說：

「我自然相信你的，」他停了許久，忽然問：「你以為這些是她的需要嗎？」

「她正是讀書的年齡，而且我敢告訴你，她絕對不比你笨，不過你們性格的方向不同罷了。」

「也許。」他說：「但是不管怎麼樣，她最需要的是一個會愛護她看重她的丈夫。」

賓陽的話使我愣了。突然想到，我是不是在愛芸芊呢？我一直沒有想到這問題，如今一想到，我馬上發覺我是無法否認，我在愛她，我愛她已經很久，我一直在愛她。我勇敢地莊嚴地對賓陽承認我在愛她。

「那麼為什麼你不想娶她呢？」他說。

我不知道，我一直沒有想到愛她，我也一直沒有想到結婚；賓陽的問題使我沒有法子回答。我說：

「她還年輕，她還不能分別是不是愛我，她的純潔天真不同常人的性格還有她發展的自由，她還是第一次碰見一個尊敬她的男人，是不是？」我說：「只要她愛我，我馬上願意同她結婚。但是，賓陽，為她的幸福，且讓她跟我到上海去讀一年書，明年這時候，我同她回來決定這個問題好不好？在這一年中，我決定像我自己妹妹一樣的待她，你可以放心，我希望她在一年中會真正知道她是要我，愛我……。」

賓陽聽了我誠懇的傾訴，他沉默了，半晌，他問：

「你有沒有問過芸芊，她願意不願意去上海讀書呢？」

「還沒有，」我說：「我連我要去上海都不敢告訴她。我考慮了很久，只有先同你談比較妥當。假如她高興去而你不應允，這將多麼傷她心呢。」

賓陽沉默許久，忽然站起來說：

「她是我母親最愛的女兒，她是美麗的，純潔的，良善的，雖然笨一點。希望你不要負她，如果她確實愛了你的話。」他說著就走了出去，回過頭來又說：「還是我夜裡自己去問她去。」

十二

我所以同賓陽先談，是因為我已經決定，如果賓陽不允許的話，我打算把職業辭去，暫時就住在外祖母家，不離開那裡了。如今居然得到賓陽的同意，而芸芊竟也很高興到上海升學，我就打算早點回上海去。事先我當然寫信告訴我母親。

在上海，我們住在槐明村三十二號，那房子開間不大，但是還算整潔，精緻；母親住在三層樓，我住在二層樓，本來我有一個妹妹，住在二層樓亭子間，但在去年她嫁了一個年紀比她大十歲的醫生，結婚後馬上跟著丈夫到英國去了。妹妹嫁後，母親比較寂寞，但幸虧我還有三個姐姐，雖然早嫁人，可都在上海，所以常常到我們那裡來看看母親。至於我，除了睡覺與招待來看我的朋友們，則很少在家裡的。如今我請芸芊到我家裡去住，正好代替我妹妹的位置，母親當然很高興。本來妹妹的房間是現成的，如今就給芸芊住。

一切都很好。但沒有幾天，姐姐們來看我以後，空氣就有點兩樣。芸芊不能討大家稱讚與歡喜，正如她在鄉下時不能討人歡喜一樣；她不愛說空話，不會打牌，不會幫管家務，而尤其奇怪的她不愛玩，不愛出門，不愛上街，不愛買東西，不愛時髦。初到的時候，我也想陪她去看看戲，看看電影，所以同母親、姐姐湊在一起，但一次兩次以後，她就問我是不是可以不去。我說這當然不一定要去，從此她就再也不去了。我自然也忙了起來，有事情不說，大都市的應酬當然非常繁多；芸芊已不能常同我在一起，她同母親生活不能調和，一切親友的往還於她自然更是格格不入；她馬上陷於非常孤獨，一個人幾乎整天不說一句話。佣人看母親不喜歡她，也就對她非常不好，並且常常在母親面前說她壞話，但是芸芊從沒有對我提起這些事情。我一天到晚在外面，回家往往很晚，等我門的總是芸芊，而也只是這時候我有機會同她見面，我們常常在客廳坐一會，吃一點我帶回來的水果或者點心，談談話。她從來沒有同我談到白天生活，我也竟對她完全疏忽著，日子就是這樣的過著。

學校招生了，我為她在兩個學校報名，但是我再沒有工夫為她補習功課，在考試那一天我陪她去，我看她非常害怕。

揭曉的時候，她竟一個學校都沒有考取，我馬上發現了我的疏忽，我在外面看了報紙。趕快趕回家去，發現她一個人在亭子間哭泣。看我進去了，她趕快找別的事情掩飾；我馬上勸她不要難過，不進中學，找一個婦女補習學校補習補習也是一樣。那天我陪她一天，下午我帶她到兆豐公園。一進公園，我馬上想到我竟有這許多日子沒有讓她接近飛禽！當我看到她對著樹上的小鳥咕噥的時候，她的臉上是多麼光明與燦爛呀！我於是陪她到動物園，在那大籠中的許多飛鳥面前，她是高興的。她一再同我談到關在籠裡的生活，但是她與裡面的鳥兒咕噥了一會，她倒也沒有顯出特別為此不安。我們到了很晚才出來，我陪她在一家講究的素菜館吃飯，回家已經不早。

第二天我為她尋一個補習學校，還為她買兩只籠鳥——一只畫眉，一只百靈。

這兩只鳥很使她高興，但是兩天後她要我把它們放去；我告訴她這裡沒有這個環境，即使放到公園裡，它們也許已經同有自己生存的力量，也很可能被別人捉去，而世界上決沒有第二個像她那樣喜歡鳥兒的人了。我勸她好好養它，如果要放它出來，在房間裡自然隨時可以放。她接受了我的意見，從此她就有了伴侶，我見到她的時候，覺得她似乎比較快樂了。她同我常常談到那兩只鳥，夜裡回來，還要我到房間裡去看它們，有一次，她忽然告訴我說：

「沒有它們的時候，我一天只為夜裡等你回來的一刻生活；有了它們以後，我就多有了兩個朋友了。」

我當時對她這話沒有什麼感覺，但等我一個人回到自己房裡，我突然想到她在我家裡是多麼孤獨與寂寞呢。

以後，我逐漸注意到我母親對她是歧視的，佣人對她敵意的，親友對她輕蔑的，自從她考不取學校後，似乎更加不好起來。現在我唯一希望是她進了補習學校以後，可以比較快樂一點，我預備中飯讓她在外面吃。

但是出我意外的，在我陪她到補習學校以後第三天，那天我回家不早，大家都睡了，芸芊來為我開門，我們一同走進客廳，她忽然說：

「我不想念書了」

「為什麼！」

「我想……我覺得……」

「這算怎麼回事？」我說：「你學校考不取，我為你找補習學校，……你不習慣，忍耐忍耐，就會習慣的，人總要同人來往，不能夠這樣……」

她半晌不語，低下頭，忽然啜泣起多，她囁嚅著說：

「我願意做你的侍女，我只想做你的侍女。不要讓我去讀書吧。」

「這什麼話，你年輕，你什麼都可學會，你沒有不如人的地方，你千萬聽我的話。你看，我期望你，我相信你，還有你哥哥，他也期望你，你要為我們兩個期望你的人爭氣，是不是？」

以後，她再不提這件事，她每天到學校去，我晚上回家，她總是捧著書本為我開門，她永遠有一個愉快的笑容讓我看，但她的眼睛所閃耀的靈光可逐漸暗了。

而一星期以後，一件可怕的事情發生了。

十三

那天我回家是十點鐘。在門外就聽見母親在廚房裡很大聲的對佣人說：

「愛吃不吃，管她呢；我的貓咬死她的鳥，又不是誰指使的，……我們當她客人，同她客氣，她倒……」

我進門，母親迎上來就對我訴述，我勸慰她幾句，我說：

「媽，她還是一個小孩子，你不要看她是一個大人。」我說著就趕到樓上我闖進了芸芊的房間，我看她對著兩只死鳥，兩只空籠，垂著眼淚；本來特別白皙的面頰，這時候似乎更加淒白。她在發抖，她又傷心又害怕，她傷心的是為她死去的朋友，她害怕的是為我在生氣的母親。她看見了我，突然拉著我，抬起流滿眼淚的面孔說：

「我對不起你，我對不起你！」

「我不好，我不好。」我抱住她的面孔，禁不住流下淚說。

她沒有再說別的話，癡呆望著我，還在發抖。她面頰是冰冷的，像是帶露的蓮花瓣；眼光是搖曳的，像是凍雲裡的星星；嘴唇顫抖著，淒白的顏色像是帶雪的寒梅；我在臉上看到了她純潔高貴謙遜神聖的靈魂。我俯身下去，手握到她冰冷的手指，臉貼在她的冰冷的臉上，她忽然低聲地在我耳邊說：

「明天讓我回家，好嗎？」

「隨便你；……但是我跟著你。」我說著跪倒在她的面前，我吻她的手。

她一聲不響，抬著頭。我說：

「你願意嫁給我嗎？讓我另外住一個地方。」

「你要我？」她說。

「我只怕我不配。」

「我不配，我知道我不配，」她望著虛空說：「你有你的社會，你的前途，你的事業，你的朋友，你的交際，我沒有一點可以配合你這些。」

「但是我愛你，沒有你就不會有我。」

「我總是你的，隨時都可以是你的，但是你應當考慮，細細的考慮，是不是？我笨，我不會讀書，我不會管家，不會交際，不會做事；我不但不配你愛，我不配在這個世界做人。」

母親看我一直在芸芊房裡，下面又嚷起來，芸芋直叫我出去，但是我沒有依從，我們一直偎依著，沒有再說什麼。隔了許久，我聽見母親生氣地出門去了。我說：

「讓我們明天到杭州去住些時候。我有一個朋友的姑母，她自己有一個庵，那面有房間出租，我曾經去住過。那個朋友的姑母是一個寡婦，沒有孩子，所以置了一個庵在那裡修行。那面非常清靜；我們到那面再計畫怎樣結婚，怎麼樣成家。上海生活太亂，杭州比較清靜，如果我在杭州找到事情，我們就索興在杭州生活，你說好不好？」

「不要問我吧！」她顫抖地說：「你知道我什麼都不懂的，我相信你，你說怎麼就怎麼好。」

夜寂寞了，我們偎依著沒有說再說什麼，我們意識著彼此的心跳聽憑時間的逍逝。最後，我勸她早點就寢，叫她明天上午早點理好東西。我就走了出來。

第二天一早我就出去，我拿了些錢，在報館告了假，托了人。

下午我假說送芸芊回家，就同她搭了一點十分的車子到杭州去。在四周青山綠樹曠野流水的途中，芸芊像是從竹籠回到了樹林的小鳥一樣的煥發起來，她美麗得像一朵太陽映照的白雲。

十四

蓬悟是我那位朋友姑母的法名，她有很好國學詩畫的根基，但早寡，膝下沒有子女，後來信佛，拜一個很有學問的老尼為徒，她沒有削髮，但建了這個寶覺庵，同她的師父法藏住在一起。法藏已經七十六歲，精神很好，但她不管一切的庵務，常常在裡面不出來的。寶覺庵不大，正殿三合，東西廂房每面只有三間一弄，東面弄堂穿出是廚房，西面弄堂穿出是另外一個小院，那裡有兩間房子就是在香市裡出租的；正殿的後面是一個竹園，殿前的院落有兩個蓮花石柱，一個鐵香爐；大門開在左邊，右邊是花壇，種著茂盛的天竹。

蓬悟師把我安頓在小院的房內，把芸芊安頓在正院的廂房——法藏師父房間的隔壁。我們到的時候已經不早，吃了一點東西，同蓬悟師談一會就就寢了。

第二天早晨，我起來很早。我走到正院，就看見芸芊在殿前在聽院中的鳥語了。蓮花石柱原是置米餵雀的地方，許多麻雀從屋檐飛到石柱，從石柱飛到天竹，庵中從來沒有人對它們恐嚇傷害，所以它們極其自由自在。芸芊在那裡似乎走進了她自己的世界，她露著純潔的笑容與神奇的眼光對麻雀低語，它們就飛到了她的周圍。這使蓬悟師及其他一二個小尼姑都驚奇起來。

芸芊一直沒有理我，一直到蓬悟師叫我們去吃早點。

早點後，我偕芸芊到外面散步。寶覺庵在山腰，我們向上走，穿過修竹叢林，一直到半山亭方才回來。下午我去午睡，起來的時候，我發覺芸芊同蓬悟師竟非常熟稔，有說有笑的在一起；這使我非常奇怪，芸芊是很不容易對人接近，也不容易使人接近的，而對蓬悟師竟有這樣不同。我開始想到因緣的說法。我不相信蓬悟師對她有什麼了解，也不相信芸芊到寶覺庵同到我家有不同的情緒，但是她對蓬悟師甚至庵中的別人，竟完全同對我母親與對我親友不同。她自然，她活潑，她好像已經住得很久一樣，非常容易尋話來談。

但是奇怪的事情並不至此。

第三天早晨，當我們出去散步的時候，芸芊忽然說：

「法藏師非常喜歡我，她昨天晚上教我《心經》。」

「法藏師？」我驚異起來，因為我知道法藏師不常出來，看了人總是笑笑，說句「阿彌陀佛」，不會多說話的。

「她叫我到她房裡去。」

「你喜歡《心經》嗎？」

「我喜歡。」她臉上露著稀有的靈光說：「我已經會背誦了，這比詩還有趣。」

「你已經會背誦了？」我問。

「我唸給你聽好不好？」她說著就很熟的唸了起來。她的低吟永遠有奇怪的美妙。

這當然使我非常驚訝，我默默在她後面走著。這次我們順著溪流往下走去，天空有雲，太陽時隱時現，下望田陌阡隴，煙塵彌漫，四周有樹，樹上不時有鳥兒在歌唱，寧靜的世界只有我同芸芊。她把《心經》背完，突然她說：

「你看那那只翠鳥嗎？多漂亮。」

我果然看見樹上一只拽著長尾，全身青翠的鳥兒，「芸芊忽然像對它說話似的咕噥了一會，她說：

「我們回去吧。」

「累了嗎？」

「不，」她說：「蓬悟師借我一部《金剛經》，你今天教我好不好？」

「啊，我也不見得都懂。」

「但是我奇怪，我喜歡，好像很容易接近似的。」

於是我們回到庵裡。就在我所住的小院中，一張板桌上，我照著字面為她講解《金剛經》。她眼睛閃著奇光，感到非常有興趣，碰到我覺得對她難以講解的地方，她總是說：「不要緊，不要緊，講下去。」

上午、下午我們都在那裡消磨了，但是這是一個多麼和平寧靜的一天。

我於第四天一早下山去看朋友，芸芊留在庵裡，沒有跟我去。我計畫先去找一個職業，再去找一個於職業便利而又是清靜的房子，等布置好一切，就同芸芊結婚。我決定為她把生活改成簡樸安詳，我決定不帶她接觸她所不習慣不喜歡的社會，而伴她多接觸自然，山水，樹木與飛禽。但這一切都不過是我自己在睡前醒後獨自打算，我沒有同芸芊談起。芸芊一進寶覺庵，就一直像整天同鳥兒在一起一樣，她安詳，愉快，臉上是和平的微笑，眼中是神奇的光亮。我不願再把世俗的事情去打擾她，因為我知道她在那方面是幼稚無知，而她是完全信賴我的。

但是當我於那天找了三個朋友，跑了一天，回到寶覺庵的時候，我沒有法子不告訴芸芊，我實在太興奮與太快樂，我一路上來幾乎不能停止唱歌與歡呼。

蓬悟師正在做晚課，芸芊在院中等我，我一進門就把她抱了起來。我於是告訴她我出去找了三個朋友，真是好運，一個在圖書館裡，說他們正需要聘請一個主任；一個是中學校長，他們還缺一個英文教員，我肯去他們高興極了；還有一個在報館裡，說馬上可以讓我進去；本來我愁沒有職業，現在有三個職業可以給我挑選。我於是就告訴她我心裡的一切的計畫。我說今夜我決定了在那裡做事，我就去找房子；找好房子布置好了，再讓芸芊去看；我還告訴芸芊，我現在還不想帶她遊山遊湖，我要等什麼都布置好了，結了婚，那時候我先要同她在湖光山色裡逍遙兩星期，以後再去做事。

我挽著芸芊站在山門，望著天邊的落日，山下的炊煙，林中的歸鴉。我傾訴我對她愛，我決心捨棄對塵世無謂的戀執，同她過淡泊恬靜的生活……。但是，芸芊竟沉默著，沒有說一句話。我回頭看她，她蓮花瓣一般的臉頰，映照著斜陽，更顯得無比的艷美，淡淡愉快的微笑永遠有神奇的潔淨。她沒有看我，她從懷裡拿出兩張讖詩，她拿了一張給我，她說：「這是替你問的。」

我接過一看，看到那裡寫著的是：

有因本無因，無因皆有因，
世上衣錦客，莫進紫雲洞。

我突然有一個說不出的感覺，連連讀了五六遍。芸芊又遞給我一張，她說：

「這是為我自己問的。」

我接過來，讀她的讖詩：

悟道本是一朝事，得緣不愁萬里遙，
玉女無言心已淨，宿慧光照六根空。

我再讀了一遍，我又讀了一遍。我不能再說什麼，望著天邊的落日，我沉默著，我的科學知識與修養，竟未能教擾我那時候的奇怪的迷信。但是即使是迷信，而它又是多麼美麗呢！半晌，芸芊忽然說了：

「這裡已是我的天堂。」

我說不出什麼。

「法藏師、蓬悟師她們才是真正不以為我是白癡，不以為我是愚笨的人。」

「但是我……」

「你是好的，但是我在你身邊，覺得只是依賴你；同她們在一起，我覺得我也在幫助她們。」

我不懂。但我曾經懂過什麼？

我返身到了庵裡，我開始恨法藏師，這個老尼姑究竟用什麼誘惑了芸芊。

我避開了芸芊，一個人到法藏師的房裡去。

這房間很暗，沒有點燈，她拿著念珠閉著眼在唸經。她連眼睛都不張開說：

「你坐。」

她滿面皺紋的笑容，慈祥而幽默，在暗淡的光線下，它使我的心沉了下來。我說不出話，我坐下許久，把想說的話語改變了好幾次，最後我開口了：

「法藏師，你以為芸芊在這真是對的嗎？」

「除了她自己，還有誰能夠知道這個呢？」

我沒有話說了。

「她認為快樂的，」她說：「我們作苦痛的解釋，有什麼用呢？」

我不能再說什麼，枯坐了半晌，天漸漸的暗下來，房內已經漆黑了，我站起來說：

「謝謝你。」

十五

我一夜沒有入睡。第二天她們做早課的時候我就起身；在殿前我看到芸芊已經穿著袈裟，伴蓬悟師在做早課了。

早餐後，我一個人在房間內，蓬悟師進來看我。她說：

「芸芊仍舊願意聽你的話的，如果你一定以為……你知道她很難過。」

「我知道。」

「但是她是有緣的，同這裡。」

「我相信。」

「她可以在這裡，不一定馬上要出家，反正她是吃素的。」蓬悟師父說：「你如果在杭州做事，常常可以來玩，這有什麼不好呢？結婚成家，對你對她是幸福的嗎？你是聰明人，你知道她的性格比我詳細，你期望她幸福比我還渴切，你決定好了。」

「謝謝你。」

蓬悟師走了。我一個人陷在沉思之中。

假如我聽蓬悟師的話，我在杭州做事，每星期來看看芸芊，這也許是幸福的生活，但是我不能。我有世俗未脫的欲望，我不願自私，但我仍有自私的心理。我知道芸芊是超脫的，高貴的。她不是屬於我的，她屬於一個未染塵埃的世界。在那裡，她才顯露她的聰慧光彩與燦爛；在那裡，她才真正有安詳與愉快。我無助於她，無益於她。我在她已是一個多餘的人。在她，我是她感情上的負擔，正如她在上海時是我的負擔一樣。這還有什麼話說？我沒有再見芸芊。第二天，一早我就下山，我馬上回到了上海。

上海的生活還是同過去一樣，忙於是非，忙於生括，忙於應酬，忙於得失。我希望我很快的就忘去芸芊，然而她始終在我疲倦時，孤獨時在我心中出現，而我的生命離她的境界又是多麼遠呢？

兩個月以後，忽然李賓陽來看我。他告訴我他接到芸芊的信。他曾經寫信去勸她同我結婚，但是她來信說她已經覺得寶覺庵是她的天堂了，她不想改變。賓陽因為不放心，所以親自到覺寶庵去了一趟，他在那面住了一星期，他看芸芊過得非常快樂，同庵中的人有說有笑，所以他也就放心了。他捐了兩千元錢給寶覺庵，也算他對妹妹一點意思。

這是我所知道的芸芊最後的消息。

以後，我一直在都市裡流落。我迷戀在酒綠燈紅的交際社會中，我困頓於病貧無依的斗室裡，我談過庸俗的戀愛，我講著盲目的是非，我從一個職業換另一個職業，我流浪各地，我結了婚，離了婚，養了孩子；我到了美洲、歐洲與非洲，我一個人賣唱，賣文，賣我的衣履與勞力……！如今我流落在香港。

我忘了芸芊。我很早就忘了芸芊，但每到我旅行到鄉下，望見青山綠水與青翠的樹林，一聲低微的鳥語，芸芊的影子就淡淡的在我腦際掠過。但這只像是一朵輕雲掠過了天空，我一回到現實生活裡就把她忘去。多少次我都想寫封信問問她的近狀，但是對著我污俗的生活，我就沒有勇氣去接觸這無限平和淡泊的靈魂。五年前，我回國，我曾經寫信給李賓陽，沒有回信。

如今我忽然接到了那部《金剛經》，我發覺這就是那部在我們到寶覺庵第三天，芸芊要我教她，我們在小院子板桌上讀的經本，那是法藏師借給她的。

信與書都是從我故鄉轉寄來的，我已經不知道我的故鄉還有什麼族人存在，但是他們從何處曉得我的地址呢？這當然不難，上海的戚友都知道的。但我也不想去知道了。

我看到了圓鏡裡我的自己，一個多麼世俗的面孔！掛著淚，染著塵埃。我早已不再茹素，雖然我並沒有再吃家禽與飛鳥。

我拋開鏡子，我的淚突然滴到了桌上的《金剛經》，我看到上面的經句：

……所有一切眾生之類，若卵生，若胎生，若溼生，若化生，若有色，若無色，若有想，若無想，若非有想，非無想，我皆令入無餘涅槃而滅度之。……

一九五〇、一一、三〇、香港。

徐訏文集・小說卷15　PG1881

鳥語

作　　者　徐　訏
責任編輯　林昕平
圖文排版　周妤靜
封面設計　王嵩賀

出版策劃　釀出版
製作發行　秀威資訊科技股份有限公司
114 台北市內湖區瑞光路76巷65號1樓
電話：+886-2-2796-3638　傳真：+886-2-2796-1377
服務信箱：service@showwe.com.tw
http://www.showwe.com.tw
郵政劃撥　19563868　戶名：秀威資訊科技股份有限公司
展售門市　國家書店【松江門市】
104 台北市中山區松江路209號1樓
電話：+886-2-2518-0207　傳真：+886-2-2518-0778
網路訂購　秀威網路書店：http://store.showwe.tw
國家網路書店：http://www.govbooks.com.tw
法律顧問　毛國樑　律師
總 經 銷　聯合發行股份有限公司
231新北市新店區寶橋路235巷6弄6號4F
電話：+886-2-2917-8022　傳真：+886-2-2915-6275

出版日期　2017年9月　BOD一版
定　　價　330元

Printed in Taiwan

國家圖書館出版品預行編目

鳥語 / 徐訏著. -- 一版. -- 臺北市 : 釀出版,
2017.09
面 ; 公分. -- (徐訏文集.小說卷 ; 15)
BOD版
ISBN 978-986-445-222-4(平裝)

857.63 106014922

讀者回函卡

感謝您購買本書，為提升服務品質，請填妥以下資料，將讀者回函卡直接寄回或傳真本公司，收到您的寶貴意見後，我們會收藏記錄及檢討，謝謝！如您需要了解本公司最新出版書目、購書優惠或企劃活動，歡迎您上網查詢或下載相關資料：http:// www.showwe.com.tw

您購買的書名：______________________________

出生日期：________年________月________日

學歷：□高中（含）以下　□大專　□研究所（含）以上

職業：□製造業　□金融業　□資訊業　□軍警　□傳播業　□自由業

□服務業　□公務員　□教職　□學生　□家管　□其它_____

購書地點：□網路書店　□實體書店　□書展　□郵購　□贈閱　□其他

您從何得知本書的消息？

□網路書店　□實體書店　□網路搜尋　□電子報　□書訊　□雜誌

□傳播媒體　□親友推薦　□網站推薦　□部落格　□其他__________

您對本書的評價：（請填代號　1.非常滿意　2.滿意　3.尚可　4.再改進）

封面設計____　版面編排____　內容____　文／譯筆____　價格____

讀完書後您覺得：

□很有收穫　□有收穫　□收穫不多　□沒收穫

對我們的建議：______________________________

____

____

____

請貼
郵票

11466
台北市內湖區瑞光路 76 巷 65 號 1 樓
秀威資訊科技股份有限公司 收
BOD 數位出版事業部

（請沿線對折寄回，謝謝！）

姓　　名：＿＿＿＿＿＿＿＿　年齡：＿＿＿＿　性別：□女　□男

郵遞區號：□□□□□

地　　址：＿＿＿＿＿＿＿＿＿＿＿＿＿＿＿＿

聯絡電話：（日）＿＿＿＿＿＿＿＿（夜）＿＿＿＿＿＿＿＿

E-mail：＿＿＿＿＿＿＿＿＿＿＿＿＿＿＿＿